KB164808

하이라이프

하이라이프

HIGHLIFE

김사과 소설집

창비
Changbi Publishers

차례

서문

비행기와 택시를 위한 문학

내 경험에 의하면 도시는 인간이 아닌 쥐를 위한 장소다. 인간을 비료 삼아 쥐를 키우는 실험실이다. 그 결과, 도시에서 오래 산 인간은 급기야 쥐가 되기로 결심하게 된다. 새빨간 화를 끌어안은 채, 하지만 여전히 창살 속에서 찍찍댈 줄밖에 모르는 커다랗게 웃자란 쥐새끼 한마리가 탄생하는 순간이다.

황금으로 도금된 번쩍이는 철창 속 가소로운 쥐 한마리. 저기 또 한마리, 두마리…… 사람들은 이 모자란 쥐새끼들로 꽉 찬 실험실을 도시라 부른다.

결국 도시란 영원히 이어지는 실험을 위한 장소. 이 끝없는 실험의 현장에서 살아남은 생존자들에게 존경심을 표하지 않을 도리가 없다. 그런데 도대체 무엇을 위해서 이 실험은 이어지는 걸까?

물론 고통.

철창 속에서 나 쥐새끼1113호는 무엇을 기다리는 걸까, 이 빌어먹을 철창 속에서 도대체 무엇을?

물론 고통.

좀더 많은. 좀더. 더 많은. 더, 더, 더…… 하여 쾌락! 이것은 주문이다. 고통…… 마침내 쾌락! 고통 속…… 쾌락과 하나 된…… 고통과…… 마침내 그야말로 순수한 쾌락!
고통과 쾌락은 둘 다 자극이라는 면에서 동일하다. 그러니까 이 고통스러운 철창은 쾌락으로 가득한 천국일 수 있는 것이다. 그리고 나 쥐새끼1113호는 모범적으로 사육된 도시쥐로서 이 황금 철창을 사랑한다. 소름 돋는 이 형용 불가의 자극을 사랑한다. 아무렴 여기는 쥐새끼들을 위한 최상의 천국, 나 쥐새끼 1113호는 도시에 완전히 중독되었다.

도시＝고통＝쾌락

도시는 고통과 쾌락을 넘나드는 마법사. 흑과 백을 모조리 백과 흑으로 탈바꿈하는 순수한 교환의 사신, 상호 동등한 만능협정, 영원한 시소게임의 창시자…… 요는 도시란 등가교환 그 자체. 그런데 왜 연속된 등가교환은 나만 모조리 잃게 만드는 것 같지? 솔직히 나도 오리무중이지만 아무튼 그 무정한 자리바꿈에 대해 이해해주십사 이 자리에서 독자들에게 요청하는 바이다. 왜냐하면 그 이해가 없이는 도시를 둘러싼 꿈과 야망, 정신 나간 광기와 환상의 논리를 도저히 파악할 길이 없기 때문이다.

오로지 움직이고, 뒤바뀌고, 순환하는 이 미친 세계, 그 세계의 이야기는 이동 중인 비행기와 택시에서 진행된다.

창밖, 망가져 신음하는 세계의 소름 돋는 비명이 완벽하게 차단되는 가운데, 맥락 없이 지나가는 풍경에 시선을 고정한 사이, 느 ― 려지고 가늘게 찢겨져나가는 풍경. 바쁘게 움직이는 동안, 당신은 영혼을 조금씩 잃어간다. 그것이 바로 교환이다. 당신과 도시를 위한 윈윈게임이다. 당신은 현기증을 느낀다. 당신은 땅과 흙의 세계를 떠나 구름과 먼지의 세계로 진입한다. 환영한다. 당신은 현실감을 잃는다. 당신은 점차 당신이 어디에 있는지 모른다. (당신은 아주 기분이 좋다.) 당신은 당신이 어디에 있는지 관심이 없다. 이제 당신은 현실에서 완전히 튕겨져나온다! 척추를 타고 흐르는 짜릿한 느낌. (이것이 바로 마법이다. 도시가 행하는 주술이다.) 전기고문을 당하는 듯, 온몸의 혈관과 세포가 타들어가는 듯,

이, 어, 짜릿한 자극.

지금까지의 삶, 어린 시절의 추억 따위, 모든 것이 깨끗하게 지워지고 비워진다. 당신은 도시와의 교환행위에 존재 전체를 날려버린 것이다. 공장 초기화된 로봇청소기처럼 산뜻하고 영문 모를 기분. (이 집은 대체 어디이고 내 바닥에 달린 가느다란 솔기들은 무엇을 의미하는지? 나를 바라보는 저 커다란 쥐새끼들은 도대체 뭘 원하는 건지?) 발밑으로 구름이 흘러가고, 시야는 안개로 덮여 있다. 당신은 더이상 지구에 없다. 그렇다면 어디에 있는가?

아무 데도 없다. 당신은 이동 중이다.

오늘날 우리가 당면한 현실을 단순하게 설명하자면 우리는 우리가 누구인지 현실이 무엇인지 아무것도 확답할 수가 없게 되었다. 내가 나를 잃어버리고 현실이 현실을 포기한 이 세계, 즉 이 현란한 도시들의 세계 속에 우리는 완벽하게 갇혔다. (물론 이것은 지정학적 위치에 대한 이야기가 아니다. 도시들은 더이상 존재하지 않는다. 도시들은 오직 비행기와 택시의 좌석 뒤쪽에 달린 조그마한 스크린 속에 존재한다. 21세기, 파산한 채로 점점 더 부풀어오르는, 익사하여 퉁퉁 불어버린, 오늘도 오직 우리의 마음속에서 젖은 욕실 안 곰팡이처럼 쑥쑥 자라나는 우리의 자랑스러운 도시들.)

그리고 그 도시 속의 인간들은, 그들의 살과 뼈는 죄다 녹아버렸다. 그들에게 남은 것은 뻣뻣한 낯짝, 송곳으로 난도질해도 피 한방울 나지 않을 두껍고 무딘 낯짝뿐. 오직 아이폰 셀카를 위해 존재하는, 신기한 표면으로 이루어진 생명체. (그것을 여전히 인간이라고 부르는 자가 있다면 대단한 객기라고 생각한다.)

그렇담 이 신기한 생명체들의 정체는 뭘까?

궁금증을 힘껏 끌어안은 채 택시 창밖을 훔쳐본다. 피로 흥건한 스테이크처럼 고소한 냄새를 풍기는 살덩어리들이 한 치의 오차도 없는 걸음을 걷는다. 텔레파시로 진행되는 듯한 기이한 행진, 더욱 기이한 웃음과 찡그림, 박수와 기침 소리, 크고 휑한 선글라스 눈들 너머…… 빌어먹을 교통체증, 현기증. 군중들, 어지럼증, 히스테릭한 경적 소리……

천국 같군!

다시 정신을 차려보면 융단같이 펼쳐진 구름, 꿈같은 시야, 헤드폰에서 흘러나오는 것은 음악이라는 이름의 떡처럼 짓이겨진…… 과거…… 2024! 2024! 2024……! 브라보, 기념비적인 해로다! 근데 갑자기 아주 오래된 기억이 밀려드는 이유는 뭘까? 사진처럼 선명한 이 기억들은 대체 어디에서 온 것일까? 전혀 내 것이 아닌데…… 몰살된 귀족들과 어둑한 소리들, 발작 같은 악몽, 흑백 사진 속 전쟁…… 이 찢어질 듯 확대된, 아니 조작된 노스탤지어들은 대체 어디에서 온 걸까?

순간, 나는 내가 태어나기도 전에 죽어 있었다는 것을 깨닫는다. 하지만 그 깨달음은 그 죽음조차 만들어진 것이라는 깨달음에 이르지는 못한다. 그렇게 나는 쥐에서 다시금 귀신으로 변모한다. 가짜 삶과 가짜 죽음 속 촉촉한 빗길을 배회하는 서글픈 귀신. 아직 연약한 살갗과 말랑한 혈관이 남아 있는 진짜 인간들을 찾아 헤매는. 완벽한 귀신-쥐의 탄생이다.

귀신들

1

인간들은 어둠을 사랑한다. 어둠 속 깜깜하게 빛나는
것에 누구보다 광분한다. 깜깜한 어둠 속 빛이 날 수 있다
면 부모나 자식, 혹은 지금 당신 앞에 앉아 있는 오랜 시
간 신뢰해온 친구의 손톱을 오도독 깨물어 먹는 것도 마
다하지 않을 것이다. 친구의 손에서 흘러내린 피가 수줍
게 갈라진 수란의 노른자 속으로 스며들어 신비한 주황색
으로 변해가는 광경에 눈이 멀 것이며, 그 비리고 고소한
소스에 빵을 찍어 싹싹 긁어 먹는 것 또한 거부할 수 없을
것이다.

한편, 별안간 고운 손톱을 뜯어 먹힌 우리의 오랜 신뢰
하는 친구는 충격에 휩싸인다. 그녀는 갑작스럽게 펼쳐진

공격의 의미를 고뇌하다가는 문득, 금은보화처럼 빛을 뿜으며 들썩이는, 한때 친구라 믿었던 기묘한 생명체를 바라보며 세상이 돌아가는 기가 막힌 방식을 깨닫게 된다. 아아, 세상사의 이치란! 진정한 깨달음의 감격이란! 잇자국 난 열 손가락에 피 대신 눈물이 맺히고, 햇살 속 신비롭게 빛나는 피 맺힌 손가락들이 들썩이는 금은보화 친구의 반짝거림을 압도하게 되는데……

눈앞에 펼쳐진 기적을 눈치챈 금은보화 친구의 얼빠진 표정. 피 묻은 입술을 쭉 빼고 자리에서 일어나 비틀대다 쓰러진다, 털썩. 그래 졌다, 졌어.

하지만 언제? 대체 무슨 결투가 언제 시작된 것일까? 도대체 왜……?

2

전혀 모르겠지만 이상과 같은 해괴한 전투는 도시에서 매일같이 반복된다. 똑똑히 목격했다. 뜯겨져나가는 감정들, 살점들, 좌절과 기쁨…… 인간이란 대체 어떤 존재인 걸까? 결국 모두가 원하는 것은 어둠인데, 왜 대낮에 뭔가를 썰고, 씹으며 웃는 걸까? 어둠 속에서 누구보다 밝게 빛나기 위한 기원 같은 것일까? 왜 인간들은 어둠 속에서만 밝게 빛나는 것일까? 왜 밤이 되면 시린 이를 딱딱거리며 온갖 사악한 짓을 저지르는 것일까? 그들의 마음속에는 과연 무엇이 들어앉은 것일까?

3

한겨울의 얼어붙은 거리를 덮은 완벽한 어둠, 그 안에 어른의 탈을 뒤집어쓴 여우, 혹은 겨울 여우의 행세를 하는 들개, 그렇다, 보드랍고 풍성한 털 뭉치를 뒤집어쓴 채 가볍게 폴짝폴짝 뛰어다니는 뭔가를 본다면 그것은 쥐가 아니고 인간이다. 인간은 타고나기를 해괴한 존재인가, 아니면 교육의 소산인가? 모르겠지만 중요한 것은 이것이다. 무슨 수를 써서라도 인간들을 피해야 한다는 것. 왜냐하면 그 해괴한 종자들은 너의 손가락 끝을 잘근잘근 씹어 먹은 다음 내가 이겼다고 유쾌하게 웃는 것으로 모자라서 끝끝내 너의 심장을 노릴 테니까 말이다.

세상에는 무서운 인간들이 '아주 많다'고 엄마와 아빠는 말씀하셨고 그것은 나의 진정한 깨달음을 지연시켰는데, 그 진정한 깨달음이란 ─ 세상에서 제일 무서운 것은 다름 아닌 '모든' 인간들이라는 것이다.

그렇다, 진정 무서운 것은 모조리 인간들이다. 인간들이 밤마다 암흑 속에서 얼마나 밝게 빛나는지, 그 빛이, 얼마나 환상적인 빛이 취한 소용돌이처럼 비틀대고 깔깔대며 내 눈앞에서 부서지는지…… 그 무서운 것들이 죄다 인간이라는 진실을 숲속의 여우와 늑대들은 전혀 상상도 못할 것이다.

이해가 되지 않는다면 오직 인간들로 가득한 세상을 상상해보자. 세상이라면 너무 추상적인가? 그렇다면 주말의 이케아를 상상해보자. 엄마아빠, 오빠누나, 자랑스러운 연인과 가족들로 가득한 주말의 이케아. 그 광경에 대해서 진지하게 고찰하기 시작하면 결국 루쉰의 「광인일기」를 집어 들고 말겠지. 모두가 소란 속에서 화목함을 연기하지만 결국 잡아먹기 위한 작전에 불과하다. 내가 이렇게 단정을 내리는 것은, 나에게 이렇게 단정을 내리는 습관이 든 것은 결국, 무엇을 단정하든 그러지 않고 깊게 생각하든 아무 차이도 없다는 것을 깨달았기 때문이다. 눈앞에서 인간들이 인간들을 산 채로 집어삼키는데, 매일매일, 도대체 무슨 깡으로 성숙함과 지혜를 유지할 수 있단 말인가?

4

(게다가), I'm only thirteen years old, meh.

5

어둠에 살과 뼈를 푹 담그고, 불나방 떼처럼 화염을 쫓아 전진하는 어지러운 인간들에 대해서 약간이라도 삐딱한 태도를 취하는 듯하면 이미 어둠에 눈이 완전히 먼 사람들은 말한다. 네가 아직 어려서 온몸에서 순수한 빛이 배어나와 빛 귀한 줄을 모르지. 그 말의 의미는 네 살갗을 잘근잘근 씹어 먹어서라도 빛이 나고 싶다는 고백에 다름 아니다. 어린아이들에게 주입되는 위선적인 어젠다와 정반대로, 인간을 먹고 싶어하는 인간의 수는 깜짝 놀라게 많다. 그들이 정말로 깜깜하고 아무 빛도 없는 장소에서 무엇을 하는지는 밝혀지지 않았지만. (나 또한 알고 싶지 않다.) 나는 오직 내 두 눈동자로 본 것만을 이야기한다. 내가 본 것은 솔직히 별것 아니다. 점차로 깜깜해지는 사람들, 무덤 속 시체의 냄새를 풍기며, 오직 어둠 속에서 새빨간 두 눈을 밝히는 사람들, 귀신이 된 인간들. 귀신들. 어, 귀신들.

6

내가 인간세계에서 목격한 가장 이상한 현상은, 어떤 인간들은 산 채로 귀신이 된다는 것이다. 물론 아무나 그렇게 될 수 있는 것은 아니다. 아주 희귀한 현상이라기에는 꽤 흔하기는 하지만 아무튼 그 과정은 꽤 생경하고 또 고통스러워 보인다. 왜냐하면 산 채로 귀신이 된다는 것은 일종의 생체실험, 기적일 테니까? 하지만 정말로 놀랍도록 많은 사람들이 귀신이 되고 싶어하는 것을 나는 목격했고 또 실제로 많은 사람들이 귀신이 되기를 바란다.

(바로 지금 당신의 옆자리에 앉아 있는 그 뜨끈한 엉덩이들 얘기다.) 물론 그들이 대놓고 "헤이, 나의 꿈은 귀신이 되는 것이야"라고 말하지는 않는다. 그랬다가는 엄청난 놀림거리가 되리라는 것을 그들도 안다. 무얼까, 그 비웃음의 용도는? 사실상 모두가 귀신이 되고 싶어하는데? 귀신이라는 말의 어감이 문제일까? 그렇다면 홀로그램이라 부른다면 어떨까? "저는 홀로그램이 되고 싶습니다." 이것도 그렇게 멋있게 들리지는 않는다. 그래서 귀신이 되길 원하는 사람들은 대신 이렇게 말한다. "저는 다큐멘터리 영화에 관심이 있습니다." "저는 가난한 사람들을 돕고 싶어요." "저는 제3세계 여성들의 권리를 증진하는 것이 목표입니다." "전인류의……" "저는 제가 속한 커뮤니티를 위해서……" "……건강한 먹거리……" 이상이 귀신이 되고 싶어하는 자들의 레퍼토리다. 귀신들의 권리? 귀신들의 커뮤니티? 귀신들의 먹거리? 하나같이 말이 되지 않는다. 그렇다. 귀신워너비들은 모순화법에 사로잡혀 있다. 하긴 산 사람들이 귀신이 되고 싶어한다는 것 자체가 말이 안 된다.

귀신워너비들은 언뜻 귀신 숭배자처럼 보이기도 한다. 그들은 귀신과 소통하고, 귀신적인 모든 것을 따라 하고 배우려고 하기 때문이다. 그렇다면 귀신의 핵심 요소는 무엇인가, 내 생각에 그것은, 귀신의 핵심 요소는 이상한 행동을 해서 사람들을 놀래는 것이다. 옷장 속에서 머리를 치렁치렁 늘어뜨린 채 하루 종일 옷장 주인을 기다리는 정신 나간 귀신! 인간을 깜짝 놀래는 것이 인생의 유일한 임무인 듯 보이는 해괴한 존재들이 아닌가? 그런 귀신의 라이프스타일에 많은 사람들이 몹시 끌려 한다. 흐릿한 홀로그램 스타일로 주위를 배회하며 사람들을 놀래는 것에 완전히 매혹된다. 사실 그 짓이 귀신들이 행하는 전부다. 그 수법을 꿰뚫고 나면 무서울 게 하나도 없다. 한(恨)? 전하고 싶은 메시지? 그딴 거 없다. 귀신들은 그냥 거기 있는 거다. 인간들을 깜짝 놀라게 하기 위해서. 왜? 그야 물론 귀신들이 인간혐오자이기 때문이지. 귀신들은 하나같이 인간을 끔찍이도 싫어한다. 너무나도 싫어서 인간들이 매 순간마다 깜짝깜짝 놀라다가 노이로제에 걸려서 뒈져버렸으면 좋겠는 것이다. 그런데 이런 엉망진창의 존재로 탈바꿈하고 싶어하는 인간들이 한둘이 아니다. 이러니까 내가 할 말을 잃고 마는 것이다.

7

세상에 대해 정직하게 묘사하려고 했을 때 괴상하고 우스꽝스러운 결과물에 도달하는 경우가 많다. 그리하여 헛헛한 웃음을 터뜨리는 순간 당신은 깨달을 것이다. 걸 신들린 귀신들에게 포위되어 있다는 것을. 세상은 우습 다. 하지만 절대로 웃음을 터뜨려서는 안 된다.

8

"왜 인간들은 도시를 만들었나요?" 나는 아빠에게 물어 본 적이 있다. 그는 기분 나쁜 가짜 미소를 지으며 적선하 듯 대답했다. "문명 속에서 다 함께 조화로이 살아가기 위 해서이지." 틀렸다. 그리고 나는 깨달았다. 아빠 또한 귀신 이었던 것이다. 왜 몰랐지? 물론 모른 척한 것이다. 친아 빠가 귀신이라고 생각하면 너무나도 우울해져서 죽고 싶 을 테니까 말이다. 하지만 어쨌든 깨달을 때가 왔다. 내 아 버지는 어둠 속 아름다운 빛에 이끌려 귀신이 되어버린, 인간을 잡아먹는 괴물이었던 것이다. 그렇다면 엄마는?

결과적으로 나는 정말로, 정말로 우울해지고 말았다.

정말이지 인간들에게 진절머리가 난다. 나에게는 비슷하게 인간들에게 학을 뗀 친구가 몇 있었는데, 그중의 하나인 친애하는 랭보, 그 또한 산 채로 귀신이 되어버린 수많은 인간들을 보았고, 그런 귀신들을 햄버거처럼 찍어내는 도시라는 악마를 대면했더랬다. 하지만 그는 자신의 눈동자를 너무나 낭비했고, 하여 결국은 눈을 뽑아버리고 신발이 되었다. 신발이 된 눈동자, 맹인이 된 신발……! 그는 자신이 시인이라고 생각했지만 내가 보기에 그는 그저 신발과 눈동자, 눈동자와 신발이라는 한쌍의 괴짜 커플이었을 뿐이다. 그리고 그 또한 마침내 귀신이 되어버렸다. 그 또한 귀신이 되어 인간들을 잡아먹기 시작했고, 결국 배탈이 나서 뒈져버린 것이다. 알겠지? 귀신이 되려는 유혹을 뿌리치는 것은 정말이지 어려운 것이다. 그 사실에 대해서 번번이 이렇게 슬퍼지고 마는 것은 물론 내가 고작 열세살이기 때문이겠지.

9

　내가 깨달은 뒤에도 엄마와 아빠는 계속해서 사람인 척 행세했고 모두들 그것을 믿었지만, 믿는 척하는 그들 또한 귀신에 불과했다. 나는 인간이 아닌 귀신들의 세상 속에서 살아가고 있었던 것이다. 엄마와 아빠는 지금도 철석같이 믿는다. 나도 언젠가 한마리의 근사한 귀신이 될 수 있을 거라고. 아니 믿는 척하는 걸까.

10

　그들이 무슨 짓을 벌이든, 나는 나를 지키기 위해서 노력했고, 그래서, 그 결과, 나는 귀신으로 자라나는 대신 열셋에 멈췄다.

11

　10년째 열셋이라는 것은 문제다. 특히 부모님은 그렇게 생각하는 듯하다. 하지만 그게 뭐가 그리 이상한지, 본인들은 산 채로 귀신이 되었으면서 말이다. 하여간 이상한 사람들, 아니 귀신들이다. 결론적으로 그들은 내가 6년째 열세살이던 무렵 뭔가를 눈치챘고, 내가 그들처럼 귀신이 되지 않기로 결심한 것을 어렴풋이 깨달았고, 그래서 엉뚱한 작전을 시작했다. 나를 상담소에 데려간 것이다. 나는 물론 완벽하게 정상이었다. 스스로를 열셋으로 믿으면서 아무것도 하지 않는 것을 제외하면 말이다. 나의 상담사는 독특한 사람이었다. 그는 39세의 한국 남성이었는데 귀신과 사람의 경계에 아슬아슬하게 서 있는 듯했다. 혹은 사람인데 귀신인 척하는 것인지 혹은 귀신인데 사람인 척하는 것인지 영 감을 잡을 수 없는 것이 보통 고수가 아닌 듯했다. 나는 자주 힘껏 그를 노려보았는데도 전혀 감을 잡을 수가 없었다. 그의 미소에서도 그의 손짓에서도 그의 보드라운 스웨터에서도 런드레스 패브릭 컨디셔너 향 솔솔 풍기는 그의 새하얀 가운에서도……

그냥 나는 그가 귀신이라고 간주하기로 했다. 그 편이 안전하니까. 언뜻 잔인해 보이는, 슬쩍 따뜻해 보이는 그의 짙은 갈색 눈동자가 바라보는 나는 미친년인 척하는 미친년, 가족 안에서 무지하게 속 썩이는 골빈년에 불과한 것일까? 정말로 그도 나의 적에 불과할까? 그는 나에게 아무거나 편하게 부담 없이 말해도 되고 반대로 아무것도 말하지 않아도 된다고 했다. 나는 말했다. 가능한 한 정직하게, 굳세게, 전형적으로. "아빠는 이따금 엄마를 때려요. 그러고 나면 나한테 미안해하면서 비싼 것을 사줘요." 나는 내 왼쪽 손목에 치렁치렁 매달린 수많은 팔찌를 다른 손으로 쓰다듬으며 말했다. "그래서 나는 아빠가 엄마를 때리기를 은밀히 기다리게 돼요. 특히 새 구두가 갖고 싶을 때요. 참 나쁜 년이죠?" 나는 다시 한번 힘껏 의사의 눈동자를 들여다보았다. 그의 납작한 짙은 갈색 눈동자는 환상적인 냄새를 풍기는 갓 구운 flourless 초콜릿 케이크처럼 보였다. 그 눈동자를 힘껏 깨물어 먹어야 할까?

(귀신 같은 생각이 내 머릿속을 진동했다.)

우여곡절 끝에 열번의 상담이 꽉 채워졌다. 마지막까지 의사의 생각을 알기가 어려웠다. 그가 귀신인지 사람인지, 나 또한 미쳐가는 것인지 정상으로 회귀하는 것인지…… 아무튼 그 열번, 십주, 두달 반 남짓의 시간은 내 인생에서, 열번의 열셋 시기에서도 가장 평화롭고 아름다운 시기였다. 나는 몇번쯤 웃었다. 그리고 마지막 날, 어느 때보다 늠름해 보이는 의사가 어느 때보다 평온해 보이는 부모님에게 말했다. "전형적인 조현병 증세를 보이는 맹랑한 꼬마 녀석으로서 시급한 입원치료가 필수……" 그렇게 나는 나의 일곱번째 열세살을 병원에서 시작했다.

12

모르겠다, 내가 어디가 그렇게 미쳐 있는? 지? 정신병에 대한 지식이 너무 적은 것일까? 내가 집요하게 늘어놓는 몇가지 건조한 사실들이 그렇게까지 인간들을, 아니 귀신들을 거슬리게 하는 걸까? 나는 오직 정직할 뿐인데. 그저 나는 귀신이 되고 싶지 않을 뿐이다. 이 모든 것을 나의 과대망상으로 취급하는 것은 너무하다. 그저 정직한 것만으로는 부족한 걸까?

13

거리는 너무 어둡고, 그곳은 신기한 빛을 내뿜는 썩은 영혼들로 가득 채워져 있다.

오 나의 장터,

이다지도 지저분한 보석 상자여, 쥐들의 화장대. 너무 어둡고 또 반짝거리는 이곳에서 살아남기에 내가 가진 것은 오직 눈동자와 신발, 한쌍의 눈과 한쌍의 신뿐. 나는 볼 수 있고, 걸을 수 있다. 그럴 수 있는 한……

14

그것으로는 영 부족한 걸까?

15

밖에 나가면 귀신들이 보인다. 언젠가부터 인간들보다 귀신들이 더 많다. 우리가 인간이라 부르는 해괴한 그림자들이 사실은 죄다 귀신에 불과하다는, 다들 아는 비밀 아닌 비밀. 그러나 아무도 고개를 끄덕여주지 않겠지. 어째서 그 흐릿한 홀로그램들을 인간이라 부르게 된 것일까? 그런데 왜, 나는 어째서 흐릿하지가 않은 걸까? 어째서 귀신이 되고 싶지 않은 걸까. 왜 이렇게 귀신들이 많은 걸까. 왜 온통 귀신들, 아니 저기 색다른 존재가 있네. 흡혈귀.

16

사라 D. 아처 박사와 그녀의 속 깊은 연인 엘자에 대하여—

사라 D. 아처 박사는 맨해튼 어퍼웨스트사이드의 저명한 정신과 의사이자 귀신, 아니 홀로그램이었다. 그녀는

최근까지 그래머시 파크 동네의 고급 콘도에 살았다. 그
곳은 전세계에 걸쳐 있는, 전남편이 소유한 수많은 부동
산 가운데 하나로서, 그들은 이혼한 지 10년이 지났지만
전남편의 관대함 혹은 위선, 다시 말해 속을 알 수 없는
끝없는 복수심으로 인해 사라는 이혼 후에도 그래머시 파
크 한구석 고급 콘도에서 살며 귀여운 쌍둥이 남매를 각
각 하버드와 프린스턴에 보낼 수 있었다.

현재 사라 D. 아처 박사는 시러큐스의 대저택에서 칠
레 출신의 화가 여자친구 엘자와 산다.

매일 밤
홀로그램 사라 D. 아처 박사는
브릴리언트 컷으로 커팅된
1캐럿짜리 다이아몬드처럼 빛난다.

그녀의 파트너 엘자 ─ 리마에서 가장 부유한 거리에
서 온 ─ 는 그녀를 몹시 동경한다. 엘자는 아직 홀로그램
이 아닌 것이다. 하지만 언젠가 그녀 또한. 무조건 그녀 또
한. 그녀는 허드슨 밸리에 작업실이 있으나 자주 가지는
않는다. 그녀는 사실 그림보다 문학을 좋아한다. 그녀는

자신의 최애 작가가 이사벨 아옌데라고 말하고 다니지만 은밀하게 F. 스콧 피츠제럴드를 사모하고 있으며 젤다 피츠제럴드가 병신이었고 모자랐다고 생각한다. 열세살 때 그녀는 F. 스콧 피츠제럴드와 하는 상상을 다각도로 하였고 그녀의 진짜 최애 소설은 『낙원의 이쪽』(*This Side of Paradise*). 그녀는 이따금 LA 베니스 비치로 이주하는 영 뜬구름 잡는 상상을 한다.

그녀는 너무나도 훌륭하게 미국화, 아니 문명화되었다.

(어릴 적 도덕 선생님은 어린이들은 모두 한가지 꿈 —— '훌륭한 사람이 되기' —— 을 가져야 한다고 말했다. 훌륭한 사람이 된다는 것이 무엇인지 좆도 모르면서 우리들은 모두 훌륭한 사람이 되겠다고 주먹을 불끈 쥐고 집에 가서 부모님께, 저는 훌륭한 사람이 될 것입니다,라고 말했고, 그러면 66퍼센트의 정상적인 부모들은 비웃었다. (나머지 34퍼센트는 감동적이라는 표정으로 박수를 쳐댔고 그들은 당신이 상상하는 것 이상의 악당이다.) 정상적인 인간으로서, 자식이 훌륭한 사람이 되기를 바라는 부모는 존재하지 않는다. 그들은 자식들이 기껏해야 귀여운 로봇 청소기가 되기를 바란다. "청소를 시작하겠습니다!" "청

소는 언제나 즐거워요!" "청소가 끝났어요, 충전하러 갈
게요!" 이 간단한 사실을 받아들이는 데 너무 많은 시간
이 걸렸다. 열번의 열셋이 지나갔고, 마침내 나는 멀쩡한
로봇청소기가 되는 것일까? 아니, 사실 나는 요즘도 매일
같이 질질 짜며, 방구석에 처박힌 채, 포시한 잉글리시 악
센트를 쓰는 사악한 악당, 다시 말해 최신형 다이슨 헤어
드라이어가 되기만을 바랄 뿐.)

다시 나의 망상 엘자, 아니 진실로, 실제적으로, 과학
적으로, 누구보다도 이상적인 형태로 진정하게 시러큐스
에 존재하는 나무랄 데 없는 우리의 엘자에게로 돌아가
서, 그녀는 홀로그램이 되기 위해 열심히 노력했다. 그것
은 흠잡을 데 없는 미국 이민자의 일상으로서 사라 D. 아
처 박사는 프로페셔널리즘으로, 그리고 애국자의 심정이
자 제3세계에서 구출해 온 입양아를 바라보는 할리우드
배우의 심정으로 엘자의 좌충우돌을 지켜보았다. 그녀는
어떤 날은 코카인 중독이 되기도 했고 또 어떤 날은 너무
나, 너무나 허약해져서 잘 으깨어진 아보카도조차 씹어
먹을 수 없었다. 그녀는 사라 박사님의 조언에 따라 하루
두끼를 버섯샐러드로 먹어보기도 했고, 가득 찬 버섯밭을

상상하기도 했고, 그러다 식은땀에 절어 깨어나자 그곳은 그림 같은 시러큐스의 서버브가 아니고 티베트 어딘가의 최신식 감옥이었다. 충격으로 기절한 그녀가 다시 깨어난 곳은 무색무취한 사라의 품. 아무 색깔도 먼지도 없이 오직 보드랍고 다정한 사라의 품. 엘자는 엉엉 울며 자신의 여러가지 변태 같은 상상과 어린 시절 오빠로부터 받은 성학대 등을 고백했고, 사라 D. 아처 박사는 칠레라는 미지의 땅에 대한 편견을 더욱 강화할 수 있었다.

마침내!

엘자가 무언가로 변화하기 시작했을 때 그것은 매 순간이 무지갯빛으로 영롱한 환희의 순간이었다. 타고난 미개함으로 깊이 고통받던 칠레 여자를 선진적인 무언가로 재탄생시킨 대사건의 늦은 오후! 마침내 엘자는 비눗방울로 가득한 홀로그램……이 아니라…… 뭔가…… 굉장히 다른 낯선 것이 되어 있었다. 엘자와 사라의 따뜻한 시러큐스 보금자리는 낯섦과 망설임으로 가득해졌다. 탁 트인 거실 창으로 늦은 오후의 핏빛 햇살이 사나운 파도처럼 밀려들고, 검붉은 파도 속에서 엘자는 그 어느 때보다도 탄력적으로 빛이 났다. 피바람 허리케인 속 비너스의 탄생이랄까? 즉 시칠리아의 오래된 감방에서 카라바조가 사시미 칼로 재현한 보티첼리? 하지만 불행히도 유럽회화에 문외한인 사라는 그 어느 때보다 혼란스러웠고, 마침내 형형색색의 선셋 속에서 엘자는 신기한 빛을 뿜으며 파닥거리기 시작했다. 사라는 더욱 혼란스러워졌고, 하여 자신이 스미스여대 출신의 저명한 심리학 박사라는 것조차 잊고 어린애처럼 울 뻔하였으나, 운 좋게도 다음 순간 엘자가 정정당당한 표정을 지으며 입술을 가로로 찢었다. 새빨간 입술 사이로 앙증맞은 송곳니 한쌍이 모습을 드러냈다. 그것들은 영롱한 진줏빛으로 빛났다.

오, 홀로그램 사라가 중얼거렸다. 엘자는 흡혈귀가 되었군!

홀로그램 사라가 흡혈귀 엘자에게 다가갔다. 엘자는 홀로그램 사라의 목에 송곳니를 박고 피를 빨려고 했으나 홀로그램 인간에게는 피가 없었다. 그녀는 길게 자라난 송곳니를 홀로그램 사라의 목에 바보처럼 몇번 더 부질없이 박아넣어본 다음에야 상황의 진실을 깨달았다.

피! 피! 피!

엘자는 절규하기 시작했다, 아니 춤을 추었달까? 그리고 사라 박사는 여전히 혼란 속에 있었다. 왜 그녀는 홀로그램이 되는 대신 흡혈귀가 되었나? 우리의 사랑에 문제가 있었나? 하여간. 홀로그램과 흡혈귀라니 신기한 조합이로다. 우리는 함께 잘해나갈 수 있을까? 칠레 사람들은 홀로그램이 되지 못하는 '오류'를 가지고 있는가? 뉴욕의 LGBTQ+ 커뮤니티, 그 가운데에서도, 나와 개인적으로 친분이 있는 뉴욕타임스 푸드칼럼니스트 H가 과연 이 낯선 결합을 환영할 것인가?

하지만 그녀의 생각은 길게 이어질 수가 없었다. 왜냐하면 엘자가 너무나도 지저분한 목소리로 계속해서 피! 피! 피! 스페인어로 외쳐댔기 때문이다. (혹시 영어를 잊어버린 것일까?) 그녀는 주위를 돌아보았고, 당연하게도 신선한 피 따위는 없었다. 그녀는 엘자의 뺨을 다섯대쯤 강하게 때려서 진정시킨 뒤 그녀를 부둥켜안고 차고로 갔다.

아처 박사는 신속하게 차를 몰아 마을을 떠났다.

어둠 속 완전히 잠겨든 길을 삼십분쯤 헤맸을 때 비로소 그럴듯한 피의 소유자(인적 없는 버스 정류장에 앉아 있는 이십대 초반의 흑인 노동자 청년)를 찾은 엘자와 사라는 급조된 다정함으로 그를 차 안으로 유인하는 데 성공했다. 청년의 피를 마지막 한방울까지 쪽쪽 빨아 먹은 엘자는 말했다. "남자의 피를 빠는 것은 남자의 좆을 빠는 것과는 비교할 수 없이 황홀한 맛이 나는군!" 엘자의 의기양양한 대사에 사라의 표정이 어두워졌다. 희생자의 피로 데워져 그 어느 때보다 장밋빛으로 풍만한 엘자의 가슴을 응시하며 더욱 표정이 어두워졌다. 하지만 환희로 가득 찬 엘자는 아무것도 눈치채지 못했고, 그대로 차를 박차고 나가 황량한 하이웨이를 빙빙 돌며 춤을 추기 시작했다.

17

끝.

18

홀로그램 인간들이 전성기의 아무로 나미에처럼 컴퓨터그래픽스로 빚어낸 듯 weightless하고 flawless한 매력을 갖는다면 흡혈귀 인간들은 고귀한 혈통을 지닌 상속자처럼 행세한다. 피가 모자랄 때, 피에 굶주려 주위를 두리번거릴 때 특히 그런 인상을 강하게 풍긴다. 전통의 계승자, 고고한 역사의 희생자, 전후 세계에 적응하지 못하는 탈선된 의식의 담지자…… 시대의 최전선인 홀로그램이 되지 못한 채 시대착오적인 돌길을 헤매는 비극적인 존재인 흡혈귀란 혹시 19세기 문학처럼 격조 높은 존재들이 아닐까?

언제나 산뜻하게 시대의 트렌드를 앞서나가는 홀로그램들과 어디서든 눈치 없는 민폐쟁이가 되어버리고 마는 구시대의 포식자 흡혈귀의 조합이 인간세계의 숨겨진 법칙일지도 모른다는 그 가능성에 대해서 나는 일곱번째 열셋, 은은한 초록빛으로 채워진 정신병원 독방에서 일주일간 사유했다. 엄격한 병원의 규칙은 나의 독서를 방해했고, 결국 나는 엉망으로 번역된 『법구경』을 읽으며 반 불교신자가 되는가 싶었지만 물론, 타락한 도시꼬마의 마음은 그런 식으로는 정화될 수 없었다.

소독약 냄새를 따라 진짜 불결함이 둥둥 떠다니는 정신병원의 정신 사나운 나날들은 나와 비슷하지만 또다른 환자들이 어슬렁거리는 것만 제외하면 집에 있는 것과 완벽하게 같았다. 간호사들은 엄마를 흉내 냈고, 엄마는 간호사를, 그리고 의사 또한 언제나 완벽한 시절의 엄마를 떠오르게 했다. (그렇다면 아빠는 어디에 있는지……)

요약하자면 꽤 즐거운 시간이었다. 아니 매 순간 혀 깨물어 죽고 싶었던 순간들. 아니 자살 충동 따위는 완벽하게 제거되어 있었다. 약에 전 환자들은 죄다 어딘가의 중간을 헤매고 있었다. 우울의 중간지대, 절망의 회색지대, 파라노이아와 환청과 망상의 공동경비구역…… 웃음과 울음의, 저주와 희망의, 좌절과 회복의 중간계……!

그곳은 아주 깨끗했고 동시에 아주 불결했다. 무슨 말인지 알겠나? 먼지는 완벽하게 삭제되어 있었고 동시에 표면은 죄다 끈적끈적했다는 말이다. 나는 시시껄렁한 망상들의 사각지대에서 겨우 버텨나갔다. 그러던 어느 날, 사라 D. 아처 박사, 즉 박사라 박사와의 면담에서 랭보를 들먹이며 나의 생각들을 문학적 재능이라고 주장해보기도 했다. 그녀는 당황하지 않고 엄격한 어조로 네 나약한 멘털을 생각해볼 때 19세기 문학에 심취하는 것은 실수라고 말했다.

— 하지만 19세기 문학 자체가 태생적으로 독자들의 멘털 파괴를 목표로 탄생한 장르로서……

그녀는 내 귀를 쭉 당긴 다음 빠르게 속삭였다. 너는 지금 네가 하는 행위들이 엄청나게 독창적이라고 해석하는가본데, 이상한 책을 읽고 미쳐버린 인간들이 한둘이 아니다, 나를 포함하여……

아니 그녀는 말하지 않았다. 나의 상상일 뿐, 그녀는 그냥 부지런히 뭔가를 컴퓨터에 적어넣었다.

19

감옥에서의, 아니 병원에서의 마지막 날, 나는 거울을 들여다보며 생각했다. 뚱뚱하다, 살 빼야지.

그동안 무럭무럭 불어난 살들에게 나는 미련 없이 안녕을 고했다. 언제나 날씬한 박사라 박사님은 항상 다이어트를 유념해두어야 하는 불편한 중생의 삶에 대해서는 전혀 모르실 거다. 아니 모르는 척하시는 건가? 하긴, 어차피 과거는 아무도 모르는 거니까. 내 홀로그램들, 귀신들, 뱀파이어들에 대한 망상도 살과 함께 사라질까? 나는 고민하는 척했다. 평범한 인간이 되어, 홀로그램이 되기를 기도하며, 그렇게 살아갈까? 그럴 수 있을까? 물론 선택의 여지 따위 나에게 없다. 그저 기도할 뿐, 홀로그램 뱀파이어가 되기를, 아이고 끔찍해라, 그렇게 기도하고 또 기도할 뿐. 그렇게 엎드려 비는 모습에 사람들이 동정심을 발휘하기를 기대할 뿐……

내 열차는 오래전에 탈선했다. 다행히 승객은 0명. 멸망한 왕국의 변방에 탈선하여 멈추어버린 녹슨 기차를 누가 걱정하겠는가?

20

열번의 열셋, 13년의 열번째 꿈.

21

13년, 더하기 열번의 실망. 열번의 한숨, 열번의 좌절, 열번의 사기, 열번의 대실망쇼, 열번의 코미디, 열번의 해피엔딩, 열번의 약속, 열번의 배신, 열번의 겨울, 열번의 대보름 밤…… 열번의 다짐, 더하기 열번의 도끼질, 열폭의 위대한 그림, 열개의 하늘, 열개의 강, 열개의 시, 열개의 숲, 열번의 눈물, 열명의 경찰, 열명의 장군, 열 방향에서 다가오는 적, 열번의 함포사격, 열번의 정찰, 열번의 기습, 열개의 행렬, 열번의 행진…… 또 행진……

행진!

좌우지간 10년은 긴 세월이다. 한 인간이 태어나 자라나고 말을 하고 걷고 뛰고, 하이힐을 신은 다리를 꼰 다음, 입술에 새빨간 립스틱을 바르고, 검은 인파를 헤쳐나와, 뒤통수를 얻어맞고, 배신감에 흐느끼며, 그리고 한참을 돌고 또 미쳐가도 넉넉히 남는 세월……

다시 기다리고 또 기다리다가 죽을까, 아니야 다시 살기로 마음먹은 채 여전히도 쓸 만한 어린이 웃음을 지은 채, 여전히도 어른들을 유혹할 수 있는 그런 정도로 자라 날 수 있는 시간. 여전히 햇병아리 노란색 패딩을 입고, 땡 땡이 무늬 레인부츠를 신고 백화점 1층 바닥에 구정물을 잔뜩 묻히고 다니다가 무서운 아줌마들한테 깜찍이 소리 를 들을 수도 있는 나이.

하지만 그러는 동안에 이미 얼마나 많은 것에 쑤셔넣 어졌는지, 보고 듣고 기억하고 다시 묻고 파묻고 또 울고 울다가 정신을 차리고, 마침내 단단히 마음을 먹을 수 있 는 마음에 갇히게 되었는지에 대해서 어른들은 전혀 생 각하지 않는다, 물론. 왜냐하면 어린이들이야 잡아먹으면 그만이기 때문이다.

열셋은 마지막 어린이 해, 썩기 바로 직전의 롤리타 해, 어른들을 위한 감사와 효도의 해.

내 계산에 따르면 제대로 된 한명의 어른이 되기 위해 서는 최소 여덟명의 어린이를 잡아먹어야 한다. 따라서 사랑스러운 어린이를 노리는 사람 좋은 웃음을 지으며 주 위를 어슬렁거리는, 허기진 악귀들을 어디서든 마주칠 수 가 있는 것이다. 아무도 어린이들에게 조심하라고 알려주지 않는다. 자신을 잡아먹을 존재들을 마음을 다해 공경하라고 가르친다. 그런 것이 소위 가르침이다. 기이한 미소로 가득한 홀로그램들과 기묘한 방식으로 꺽꺽거리는 흡혈귀들에 대해서 이야기해봤자 우습지도 않다는 반응이 돌아올 것이다. 하지만 그런 식으로밖에 설명할 수 없는 이야기가 있다. (나의 진실된 경고들은 모두 헛소리 취급을 당하겠지. 정직하게 세상을 대하면 더 큰 거짓말 망치에 뒤통수를 얻어맞는 결과를 불러올 뿐이다. 그러니 조심. 또 조심.)

22

하지만 어린이들이 바라는 것 또한 홀로그램 귀신 흡혈귀로 무럭무럭 자라나는 게 아닐까? 모두가 무럭무럭 끔찍한 존재로 커가는 동안 그것을 거부한 어린이에게는 처벌이 기다리고 있다. 처벌의 내용은 투명해지는 것. 얻어터지고 수십번 칼에 찔려도 더이상 보이지 않기 때문에 대낮에 사람들로 분주한 역 앞 광장에서 난도질당하여 피웅덩이 속에서 죽어가도 보이지 않는, 당연히 시체가 보이지 않기 때문에 아무도 슬퍼하지 않고 오히려 밟히지 나 않으면 다행. 그렇게 나는 끝났고, 뭐졌고, 끝장난 것이 다. 끔찍했던 첫번째 열셋, 한명의 친구도 없는 열셋, 아무런 짝사랑도 없는 열셋의 가을, 피크닉 계획 없는 열셋의 봄, 크리스마스 장식 없는 겨울, 온통 달짝지근한 냄새가 나는 긴긴 열셋의 열대야는 텅텅 비어 있었다. 완전히 텅 빈 외로운 사계절을 보내고 나면 예쁜 신발을 신고 뚜벅 뚜벅 걷는 짓 따위 절대로 다시는 할 수가 없어진다. 신발 장에 예쁜 신발이 아흔아홉켤레가 들어 있어도 아무 데도 갈 수가 없다. 하지만 무슨 일이 일어난 것인지 처음에는 나 자신조차 눈치를 채지 못했다. 두번째 열셋, 나의 생일 을 축하하기 위해 나타난 엄마아빠친구들 앞에서 내가 여 전히 열셋이라는 것을 들키고 말았는데 여전히 그게 뭐가 문제인지도 몰랐던 바보 같은 나.

23

평범한 어린이들이 사냥꾼으로 탈바꿈하는 계절. 나는 굳건히 열셋에 머물렀다. 평범한 어린이들이 가상의 핏빛 전투, 축제와 신고식, 집단학살의 열기로 빠져드는 나이. 나는 갑자기 내가 이상한 곳에 있다는 사실을 깨달았다. 세번째 열셋의 기억. 다른 어린이들이 쑥쑥 자라 베테랑이 되어가는 동안 나는 여전히 어리둥절했다. 그리고 네번째, 다섯번째, 기념비적인 여섯번째. 나의 사랑하는 부모님은 이것이 마지막 기회라는 것을 알았고, 간절한 소망으로 나를 병원에 몰아넣었고, 그렇게 나는 일곱개의 소중한 망상을, 일곱개의 작고 소중한 이야기, 그럴듯한 꿈의 세계를 마침내 건설할 수가 있었다. 여덟번째의 열세살. 나는 흡혈귀와 귀신들, 홀로그램에 대한 나만의 이론을 완성했고, 아홉번째는 기억이 나지 않는다. 그저 검정색의 해. 그리고 마침내 올해, 나는 소중한 열명의 동지, 절대로 부술 수 없는, 아무도 빼앗아 갈 수 없는 열개의 부적을 지니게 되었다.

이제 나는 강하다.

여전히 열셋, 하지만 더이상 아무것도 나를 죽이지 못한다.

이 근거 없는 자신감은 어디에서 온 것일까? 나 또한

모르는 새 누군가를 잡아먹은 것일까? 아빠가 나에게 최면을 걸어 그렇게 만든 것은 아닐까? 매일 아침 10시 15분, 인자한 미소를 시계추처럼 흔들며 늠름한 사냥개 두마리를(한마리는 검정색, 한마리는 흰색) 산책시키는 옆집 할머니에게 그런 질문을 해도 될까?

조심해라. 기분이 들뜬다고 누구한테나 손바닥 발바닥을 뒤집어서 보여줄 필요는 없다. 미소와 웃음, 향긋한 내음에 절대로 속아 넘어가서는 안 된다. 절대로 마음이 흔들려서는 안 된다. 자칫하면 속아 넘어간다. 사방이 적이다. 사방이 너를 잡아먹으려고 하는 적들의 아수라장이다. 그들이 서로를 뜯어먹는 동안 조용히 있다가, 새벽잠보다 조용히, 이 미친 성에서 빠져나가야 한다.

24

그래 여기는 미친 성, 어떤 공간이라고 이름 붙이기에도 민망한 개같은 난장판, 정글이자 감옥이자 피라미드이자 프로페서 X의 최신식 Cerebro, 좁고 긴 복도는 망토에 몸을 숨긴 수상한 사람들로 가득하고, 성의 입구에는 높고 반짝거리는 구두를 신은 남자들이 서성인다. 사방이 적이다. 하지만 무엇보다 저 망토를 뒤집어쓴 자들은 뭔가? 그들은 왜 사뿐사뿐 날듯이 걷는가? 조심해야 한다. 특히나 화창한 날, 먼지도 구름도 없는 화창한 날, 성 주위가 온갖 사람으로 붐비는 날, 놀이공원을 연상케 하는 들뜨는 주말에는 그 어느 때보다 조심해야 한다. 화창한 햇살 아래 모든 것이 조금씩 더 근사해 보이는 순간, 그럴싸한 반짝임을 무엇보다 조심해야 한다. 밝은 햇살 아래 싱그러워 보이는 자일수록 위험하다. 그런 자들이야말로 진정한 귀신들, 계략에 미친 백작들, 게임에 중독된 도마뱀들. 그런 자들에게 속지 말아야 한다. 도마뱀들, 사마귀들, 구더기들, 사악한 범죄자들과 협잡꾼 천재, 팬티를 뒤집어쓴 귀족들로 가득한 여기는 위대한 성. 죽음과 망설임의 성. 그림자와 왈츠의 성. 쥐와 비둘기, 뱀들을 위한 홀로그램 사막. 여기서는 모두가 정상이 아니다. 조심하라. 나는 경고했다. 조심하라.

25

어둠은 인간들을 사랑한다. 어둠은 사랑하는 자들을 끝장내는 것에 무엇보다 심취한다. 깜깜한 밤, 저마다 작은 램프처럼 빛나는 인간들이 하나하나 활활 타오르다 마침내 산산이 터져버리도록 유혹한다. 유혹은 인간을 위한 것이다. 인간을 산 채로 제물로 바치기 위한 작전에 불과하다. 어둠보다 인간을 사랑하는 것이 있을까? 파멸보다 인간을 그리워하는 것이 있을까? 서로가 서로를 잡아먹는 뜨거운 축제만큼 인간세계에 사려깊은 만남이 있을까? 가득한 사랑으로서 어둠과 파멸이 서로의 손을 맞잡고 빛에 홀린 인간들의 주위를 돌며 춤을 춘다. 나는 분명히 경고했다. 인간이 어둠을 사랑하는 것보다 어둠이 인간을 더욱 사랑한다. 인간들이 갈가리 찢겨 칠흑 같은 어둠의 양분이 되는 과정을 기꺼이 환영한다. 어둠이 덫을 놓는 유혹, 그것은 오직 인간을 위한 것이다. 어둠의 유혹에 푹 절어버린 인간들, 서로를 부드럽게 당겼다가 냅다 던지는, 잡아채어 빙글 돌리다가 휙 날려버리는 기이한 춤에 중독된 사람들, 내 두 눈으로 똑똑히 보았다. 당겼다가 밀었다가 다시 돌렸다가 휙, 수직으로 처박히는 기이한 춤 속에서 정신은 천갈래, 만갈래 흩어지고, 유혹에 눈이 멀어 다시 꺾이고, 젖혀졌다가, 벌려졌다 구부러져, 누구도 모르게 펄펄 끓는 강에 버려지는 그 지겨운 과정, 거의 기계적이라고 할 수 있는 그 지겨운 춤이 사방에서 반복되는 것을, 그 지겨운 몸짓에 질리지도 않고 광분하는 눈빛들과 또 눈빛들을 나는 보았다. 밀려왔다 밀려가는 희생자들의 물결을 보고 또 보았다. 못 박힌 채 끔찍한 그림들을 보고 또 보는 고문 속에 있었다. 그리하여 남은 것은 무엇인가? 선택? 희생자가 될 것인가, 잡아먹는 짐승이 될 것인가? 선택의 여지가 나에게 있다고? 불이 되어 어둠을 밝힐 것인가? 두려워 재 속에 몸을 파묻을 것인가? 나보고 선택하라고? 고작 열세살의 고민이 이렇게까지 무거워도 되는 걸까?

26

또다시 밤이다. 어둠과 하나 된 인간들이 두 눈에 형형한 불을 밝히고 먹잇감을 찾아 나서는 시각이 왔다. 하지만 나 같은 머저리도 있다. 여전히 멈추고 반복되는 시간 속에 갇혀 응시하는 신발 없는 눈동자. 도망칠 수도 떠날 수도 없는 못 박힌 두개의 모자란 눈동자. 두 발을 모두 잃은 한심한 눈동자. 무력한 두개의 눈동자 너머 빛 속으로 당겨졌다가 어둠 속으로 다시 밀려갔다가, 빙글빙글 돌며 허공 속에 지쳐 잠드는 사람들, 잠든 채 그 끔찍한 짐승들의 아가리 속으로…… 닫히지 않는 두 눈으로 역겨워하며 바라보기만 하는 나와 같은 등신도 있다. 그런 나를 위한 추잡한 성, 망상 속 살인마 건달 강간범들로 가득한, 좀도둑들, 애벌레들, 터져버린 아랍인들과 굼벵이가 되어버린 중국인들, 술독에 빠져 죽은 인디언들과 황금 족쇄를 찬 흑인 노예들, 그들을 갈아 마시는 끔찍한 백인 농장주들로 가득 찬 나만의 일급 사이코패스 범죄자를 위한 추잡한 감옥에 몸을 가둔 채, 모든 것이 알맞게 소독되어 있는 그 찐득한 방 한구석에서 두 손을 포갠 채……

거기에는 어둠이 없다. 신기하지? 언제나 해맑게 화창. 미친 공간.

밖은 어둠, 역시 미친 공간.

(몸을 숨기고 있는 나에게 도시는 은빛 구름 속 위대한
성의 환각으로 나타나기도 했다.)

거기 있었다.

Enough!

여전히 거기에 있다.

Enough!

하이라이프

나 딸을 낳아요.

그는 연한 황토색 대리석 세면대를 양손으로 짚은 채 거울을 보며 그렇게 말했다. 그의 표정은 침착했다. 거울 속 자신의 얼굴을 잠시 바라보던 그는 상체를 숙여 세면대 위, 작은 은쟁반에 일렬로 늘어놓은 코카인 가루를 코로 흡입했다. 다시 몸을 일으켜 세우며 그는 같은 말을 중얼거렸다.

나 딸을 낳아요.

그는 세면대 한쪽에 놓인 지퍼백을 열어 안에 든 흰 가루를 은쟁반에 쏟았다. 그리고 일회용 플라스틱 빗의 등을 사용해 가루를 일자로 가지런히 정렬했다.

그는 다시 가루를 흡입했다.

지퍼백 속에 든 가루가 절반으로 줄어들 때까지 그 짓

을 계속하며 이따금 중얼거렸다.

　나 딸을 낳아요.

　그 구절이 어디에서 튀어나온 것인가, 방을 나와 엘리베이터를 타고 호텔 로비에 도착하여 문이 열리기 직전, 그는 깨달았다. 최인훈이라는 소설가의 『광장』이라는 작품에 등장하는 대사였다. 그가 어젯밤 영업시간이 끝나기 직전 광화문 교보문고에 가서 구입한 책이었다.

　엘리베이터 문이 열리고 피곤한 얼굴, 최소 이틀 동안 감지 않은 떡진 머리카락에 은은한 암내를 풍기는 금발 커플이 그와 어깨를 부딪히며 엘리베이터로 들어섰다.

　"Russians!"

　그는 반사적으로 외쳤고, 커플 중 여자가 놀란 얼굴로 그를 돌아보았다. 놀란 여자가 쓴 검은 뿔테 안경은 셀린느였고, 그녀의 생김새는 누군가를 연상케 했다. 아하, 그것은 몇년 전 뉴욕에서 검거되었다는 러시안계 독일인 여자애, 엄청나게 부유한 상속녀를 가장하여 사기를 치고 다녔다는 여자애가 분명했다. 그 여자는 제니퍼 로렌스와 커스틴 던스트, 그리고 그의 친할머니를 섞어놓은 것처럼 생겼는데, 그는 그 여자에 대해서 더 깊이 생각하는 대신 다시금 중얼거렸다.

나 딸을 낳아요.

소설 『광장』 속 은혜가 명준에게 했던 말. 은혜는 죽는다. 명준은 자살한다. 구질구질한 이야기.

그는 그 소설을 열일곱살의 여름방학, 강남역 교보문고에서 처음 읽었다. 그는 친누나를 기다리고 있었다. 방금 전 현대백화점 무역센터점에서 출발했다는 그녀는 한시간째 소식이 없었다. 기다림에 지친 그는 한국문학 코너를 어슬렁거리다가 그 책을 집어들고 읽기 시작했다. 그가 책의 마지막 장을 덮고 나서도 10분이 지나서 누나가 도착했다. 1년 만에 보는 누나는 만화영화 주인공처럼 밝은 표정을 짓고 있었고, 지나치게 매끄러운 머릿결과 피부를 자랑했다. 그녀의 손톱은 완벽했고 목과 귀에 주렁주렁 걸린 액세서리들도, 근사한 원피스와 구두 또한 마찬가지였다. 단지 살짝, 아니 꽤 제정신이 아닌 것처럼 보일 뿐. 하지만 그 제정신이 아닌 방식 또한 너무나도 세련되어서 문제나 결점이라기보다는 재능이나 선물처럼 느껴졌다.

강남 교보문고의 한국문학 코너에서 그의 누나는 발광체처럼 빛났다.

근엄한 한국문학 코너에서 그렇게 빛나는 것은 무엄한

일이 아닐까? 허튼 생각 속에서 그는 누나의 손에 이끌려 지하 주차장으로 향했다.

그날 그와 누나는 이태원 뒷골목에 있는 아시안퓨전 레스토랑에서 늦은 점심을, 혹은 너무 이른 저녁을 먹었다. 누나는 걸신들린 사람처럼 먹어댔다. 부러질 듯 가는 손가락에 들린 커다란 나무젓가락이 위태롭게 움직이는 것을 바라보며 그는 누나에게 무슨 문제가 있는 것일까, 그것을 물어봐도 될까? 고민했을 뿐 결코 입 밖으로 내지 않았다. 나쁘지 않은 하루였다, 결론적으로. 나쁘지 않은 만남이었다, 그와 누나 사이에서, 손에 꼽을 만큼.

나 딸을 낳아요.

하지만 왜 하필 그 구절인가. 그는 자꾸만 그 구절을 되새기게 되는 자신이 마음에 들지 않았다. 그는 멈추어 선 뒤 방금 빠져나온 로비, 엘리베이터로 되돌아갔다. 그가 탄 엘리베이터는 13층에서 멈추었다. 방으로 들어선 그는 재킷을 벗어 의자에 걸쳐놓고 바지 주머니에서 지퍼백을 꺼내 화장실로 향하는 길, 커튼 너머 펼쳐진 풍경을 바라보았다. 화창한 날씨 속, 수치심도 없이 속을 훤히 드러낸 도시 풍경이 눈에 들어왔다.

아래쪽으로 동그란 광장이 펼쳐져 있었다.

아아 광장……

10분 뒤 그는 콧노래를 흥얼거리며 지퍼백을 뒷주머니에 쑤셔넣은 다음, 재킷을 걸치고 호텔 방을 빠져나왔다.

엘리베이터 문이 열렸을 때 아까 그 피곤해 보이던 러시안 커플이 서 있었다. 그는 조심스럽게 엘리베이터 안으로 들어섰고, 그 커플은 조용히, 영국식 영어로 지껄이기 시작했다. 다시 엘리베이터 문이 열렸을 때, 커플 중 남자가 빠른 말투로 뭔가 저주 같은 것을 그의 귀를 향해 스치듯 속삭이며 내렸다.

빌어먹을 영국놈들!

삶을 살아가면서 늘어나는 것은 행복이나 부, 희망이 아니라 인간에 대한 공포, 편견뿐이라고 그는 생각했다. 나의 존재 또한 그에 일조하는 것이겠다만.

마침내 호텔을 빠져나온 그는, 그러나 별달리 갈 곳이 없다는 것을 깨달았다. 밥을 먹어야 하나? 하지만 코카인을 너무 많이 했기 때문에 먹을 수 없다. 하지만 코카인을 많이 했다고 해서 밥을 먹으면 안 되는 것일까? 굳이 그럴 필요는 없지만 문제는 배가 고프지 않다는 것이다. 그것은 코카인을 너무…… 그렇지만, 코카인을 굉장히 많이 했다고 해서……

뭔가 아주 특별하게 달라지는 점이 없다는 것이 코카인의 최대 장점이다. (사실상 모든 마약이 그렇지 않나?) 생각보다, 꽤, 그렇게까지 영화 같은, 그런 일은 벌어지지 않는다. 마약은 기적의 도구가 아니란 말이다, 젠장. 그저 그는, 지금 이 순간 눈앞에 펼쳐진 도시와 완벽하게 맞아떨어지는 느낌을 받을 뿐이었다. (하지만 그것이 진짜 기적이 아닐까?) 출근하는 직장인으로 가득한 시청 앞의 꽉 막힌, 꾹꾹 들어찬 압력, 그 밀도, 숨이 턱 막히도록 권위적으로 날뛰는 상태가 전혀 아무렇지도 않게, 완전히 자연스럽게 느껴졌다는 말이다. 즉 그는 아주 간단하게 그들의 일부가 된 것처럼 느껴졌다. 세상 할 일 없는 그가 지금 이 순간 그 누구보다도 가열찬 도시의 일꾼인 것처럼 느껴졌다는 말이다. 하지만 그것은 사실상 굉장히 올바른 묘사이다!

그는 자신을 이 도시의 진정한 일꾼이라고 간주할 수밖에 없었는데, 왜냐하면, 그는 시시각각 부지런히 꽤 많은 돈을 소모하고 있었기 때문이다.

소비자본주의 시대의 진정한 일꾼은 나와 같은 소비자이지, 노동자가 아니라!

생각하며 그는 세븐일레븐에 들어가 가장 비싼 생수를 한

병 샀다. 유리로 된 보틀 디자인이 약간 여성스러운 데가 있다고 느낀 그는 안에 든 물을 서둘러 비운 뒤 쓰레기통에 버렸다. 그리고 폐 속으로 스며드는 매연=아침 공기를 느끼며 걷기 시작했다. 하지만 곧 극심한 피로를 느끼며 스타벅스에 들어가 트리플샷 아이스 아메리카노를 주문했다. 창가 자리에 앉아 커피를 마시며 그는 지금 입은 재킷, 지난주에 새로 산 여름용 울재킷에 대해 생각하기 시작했다. 약간 불편하지 않은가? 약간? 조금 짧지 않은가? 조금? 버튼이 너무…… 버튼에 조그맣게 쓰인 브랜드 이름이 너무 튀지 않은가? 어느 정도? 주머니가 좀 크지 않은가? 소매가 약간……

나 딸을 낳아요.

뭐?

나 딸을 낳아요.

그건 누나가 했던 말인데?

언제?

10년 전 누나가 결혼하는 것을 분명히 봤는데?

누나는 죽었나?

아니아니.

누나가 낳은 딸이 다섯살이던가?

맞아……

누나가 딸을 내게 안겨주었다. 그렇게 예쁜 아기를 본 것은 처음이었다. 그 예쁜 아기는 누나와 아주 닮아 있었다.

그런데 그 아기는 누나와 누구 사이의?

하하, 사람 좋은 매형!

거기서 생각을 멈추고 그는 자리에서 일어났다. 얼음이다 녹아버려 흥건해진 커피 잔을 그대로 둔 채 스타벅스를 빠져나와 멀리서 다가오는 빈 택시를 향해 손을 흔들었다.

*

택시는 산에서 멈추었다. 정확히 말해 남산, 하얏트 호텔 정문 앞이었다. 호텔 직원이 택시 문을 열어주었고 그는 차에서 내려 로비로 들어섰다.

30분 뒤 그는 남산타워가 보이는 호텔 방, 화장실, 새하얀 대리석 세면대…… 위에 코카인 가루를 쏟았다.

침대 정면에 놓인 텔레비전에서는 뉴스가 방송되고 있었다. 모 연예인이 필로폰 투약으로 구속되었다는 내용이었다. 보라색 실크 점프슈트에 흰색 플립플롭을 신은 가녀린 체구의 여자 연예인이 고개를 숙인 채로 경찰서 안으로 끌려 들어가고 있었다. 뉴스에 따르면, 그녀는 연인인 모 기업 최고위급 임원과 함께 3000명이 동시에 투약할 수 있는 양의 필로폰을 밀수하여 서울 강남과 제주도 등지에서 다섯차례 투약한 혐의를 받고 있다고 했다. 그리고 남은 필로폰을 인터넷을 통해 팔려고 시도하던 도중 꼬리가 잡혔다.

알뜰한 여자로군!

그는 신속하게 코카인을 흡입한 다음, 어느 때보다 꼼꼼하게 세면대 주위를 청소했다.

잠시 뒤 그는 로비의 카페에 들러 청포도 생과일주스를 한잔 마신 뒤, 호텔을 빠져나왔다.

산 쪽으로 향했다.

오전 10시, 이상적인 초봄의 날씨였다. 코끝을 간지럽히는 도시 먼지의 비린내만 제외하면 말이다. 물론 그 비린내는 산책로를 뒤덮은 나무들이 내뿜는 짙은 풀냄새에 뒤덮여 금세 사라져버렸다. 그는 방금 전까지 그의 신경을 괴롭히던 시청 앞 광장을 메운 먼지와 자동차들, 직장인들에 대해서 떠올려보았다. 그렇게 간단하게 사라져버리다니!

그는 신이 난 걸음걸이로 알 수 없는 노래를 흥얼거리

며 산책로를 걷다가 마침 나타난 정자에 드러누워 눈을 감았다. 무언가 진지한 주제에 대해서 생각하기 시작했다는 기분이 들었으나 그 생각이 무엇인지 도무지 알 길이 없었다. 이윽고 온몸이 화끈화끈 달아오르는 것 같은 느낌이 들어 자리에서 일어나 재킷을 벗었는데 즉시 추위가 몰려와서 다시 재킷을 이불처럼 몸에 덮고 자리에 누웠다. 갑자기 졸음이 쏟아지는 듯하여 눈을 감았지만 금세 정신이 말짱해졌다. 그는 자리에서 일어나 앉았다. 옆에 중년 남자가 멀뚱하게 앉아 있었다. 그는 남자를 재빨리 훑어보았다. 남자의 등산 모자와 등산복, 등산화는 차례로 브루넬로 쿠치넬리, 로로피아나, 그리고 보테가 베네타였다. 푹 눌러쓴 짙은 카키색의 나일론 모자 아래 가리워진 남자의 표정을 읽기가 어려웠다. 단지 슬쩍 드러난 남자의 입술 끝이 비웃듯이 말려 올라간 듯 느껴졌을 뿐이다. 불편함을 느껴 자리에서 일어나려는 찰나 남자가 말을 걸어왔다.

— 날씨가 참 좋죠?

그는 남자의 말을 무시하고 걷기 시작했다. 한 10분쯤 지났을까, 또다른 빈 정자가 나타났다. 그는 그곳에 앉아 여분의 휴식을 취하기로 마음먹었고, 앉은 순간 연거푸

세번 크게 재채기를 했다. 그는 재킷 주머니에서 휴지를 꺼내 코를 풀었다. 곧 휴지가 붉게 물드는 것을 발견한 그는 약간 낙담한 표정으로, 조심스럽게 자리에서 일어났다.

호텔로 돌아온 그는 강한 허기와 갈증을 느꼈다. 룸서비스로 더블치즈버거와 오렌지주스를 주문하고 신속하게 화장실에 들어가 코카인을 흡입한 다음 샤워를 마치고 샤워가운을 걸치는 찰나 벨소리가 들렸다. 문을 열자 오십대 후반 정도 되어 보이는, 머리가 반쯤 벗어진 호리호리한 남자가 음식이 든 카트를 끌고 들어왔다.

남자가 능숙하게 음식을 세팅하는 동안 그는 빠르게 채워지는 테이블을 뚫어져라 바라보며 가만히 서 있었다. 남자는 더 필요한 것이 있느냐고 물었고 그는 고개를 저었다.

남자가 사라졌다.

그는 햄버거에 손을 대는 대신 프렌치프라이 몇개를 씹어 먹은 뒤 오렌지주스를 마셨다.

정신을 차렸을 땐 접시에 있던 햄버거의 절반이 사라져 있었다.

그는 남은 절반을 먹었다.

다시 한번 샤워를 하고 옷을 입은 뒤 방을 빠져나왔다.

엘리베이터에 올라탄 그는 습관적으로 로비 버튼을 누

르려다가 지하 2층 버튼 옆에 조그맣게 swimming pool 이라고 쓰여 있는 것을 발견했다. 지하 2층 버튼을 누르자 엘리베이터 문이 열리기도 전에 옅은 소독약 내음이 밀려들었다.

그는 입구의 조그마한 스포츠용품 상점에서 수영복과 수영모를 산 뒤 탈의실로 들어가 옷을 벗고 샤워실에서 물을 대충 끼얹은 뒤 수영복과 수영모를 착용하고 수영장으로 나왔다.

수영장 반대편 통창에서 햇살이 쏟아져 들어오고 있었다.

물속으로 뛰어들었다.

갈증.

미세한 현기증, 혹은 두통.

코의 통증.

목의 따끔거림.

미끌거리는 소독약 냄새.

물거품 너머 헤엄치는 뽀얀 허벅지.

퍼져나가는 거품.

그는 눈을 크게 뜨고 뽀얀 허벅지의 주인공을 좇아 고개를 돌렸다.

수영장 반대편 끝에 도달하여 물에서 나왔을 때, 수영장은 깨끗하게 비어 있었다. 그는 주변을 두리번거리다가 선베드에 누워 있는 한 여자를 발견했다. 여자는 흰색 바탕에 검은색 물방울무늬 수영복을 입었으며, 커다란 선글라스가 여자의 얼굴을 반쯤 가리고 있었다. 그는 여자에게서 적당히 떨어진 선베드에 걸터앉았다. 잠시 뒤 호텔 직원이 화려하게 장식된 주스 잔을 들고 여자에게 갔다. 여자는 몸을 일으켜 잔을 받아든 뒤 자리에서 일어나 엄청나게 높은 웨지힐에 몸을 실은 채 수영장 맞은편 통창 옆에 난 계단을 내려가기 시작했다. 여자가 완전히 사라졌을 때 그 또한 몸을 일으켜 계단 쪽으로 향했다. 계단 끝에 있는 문을 열자 우거진 풀숲 속 실외수영장이 나타났다. 여자는 수영장 한가운데에 떠 있었다. 그녀는 수영복과 똑같은 무늬의 도넛 모양 튜브에 몸을 누인 채 한 손에는 화려한 주스 잔을 들고 있었다.

여자의 손목에 걸린 금팔찌가 햇살을 받아 빛났다.

약 3초 정도, 여자를 응시한 순간, 그는 어떤 알 수 없는 힘에 의해 지구로부터 뽑혀 나온 듯한 느낌을 받았다. 그라는 존재가 세계의 외부로 튕겨져나간 듯, 그러나 모든 것이 여전히 그대로인 채로, 형체를 알 수 없는 투명한 우주선에 실려 지금 여기 존재하는 세계와 맞닿은 또다른 차원의 심연으로 빨려들어가는 듯한……

여자가 손을 흔들었다.

그는 여자의 시선이 향한 방향을 바라보았다. 건장한 체격에 험상궂은 인상의 남자가 여자의 것과 똑같은 주스잔을 든 채 웃으며 다가오고 있었다. 남자의 눈은 짙은 선글라스에 가려 보이지 않았다.

*

마침내 호텔을 나선 그는 약간의 서글픔을 느꼈다. 왜일까? 생각하며 그는 휴대전화 지도앱에 의지하여 어딘가로 향했다. 비틀비틀, 아니 아슬아슬 걷던 그는 마침 다가오는 택시를 향해 손을 흔들었다.

이후의 기억은 약간 불분명했다.

그는 기사에게 명동예술극장 쪽으로 가달라고 말했다.

하지만 택시에서 내린 그는 명동예술극장 대신 덕수궁 국립현대미술관으로 들어섰다.

하지만 그는 동시에, 명동 신세계백화점으로 들어섰다.

동시에 시청 앞 프라자호텔로 돌아갔다.

또다른, 백화점으로 걸어 들어간 그는 향긋한 냄새를 풍기는 시계전문점들을 지나쳐 엘리베이터에 올라탔다. 꼭대기층에서 내린 그는 화장실로 향했다. 남자화장실은 비어 있었다. 그는 가장 끝에 있는 칸으로 들어가 뚜껑을 내리고 앉아 주머니에서 지퍼백을 꺼냈다. 조심스럽게 지퍼백을 열어 약간의 가루를 손등에 쏟았다. 가루에 코를 대고 흡입했다.

문이 열리는 소리.

잠시 정적.

기침 소리.

피곤하게 끌리는 발소리.

세면대 물 흐르는 소리.

또 한번 재채기와 기침 소리.

페이퍼 타월 뽑는 소리.

페이퍼 타월이 뽑힐 때 케이스가 덜컹대는 소리.

그는 가만히 천장을 바라보았다.

잠시 뒤 모든 소리가 사라졌을 때 그는 휴지를 뜯어 손등을 몇번 비벼댄 뒤 변기에 버리고 칸막이에서 나왔다. 꼼꼼하게 손을 씻었다.

6층, 5층, 4층, 3층, 2층, 1층, 지하 1층……

같은 시각 또다른, 덕수궁 국립현대미술관으로 향한 그 역시 화장실로 향했다.

남자화장실은 비어 있었다. 그는 가장 끝에 있는 칸으로 들어가 뚜껑을 내리고 앉아 주머니에서 지퍼백을 꺼냈다. 조심스럽게 지퍼백을 열어 약간의 가루를 손등에 쏟았다. 가루에 코를 대고 흡입했다.

문이 열리는 소리.

잠시 정적.

기침 소리.

피곤하게 끌리는 발소리.

세면대 물 흐르는 소리.

또 한번의 재채기와 기침 소리.

페이퍼 타월 뽑는 소리.

페이퍼 타월이 뽑힐 때 케이스가 덜컹대는 소리.

그 시간 시청 앞 호텔로 들어선 그는,

모든 층을 꼼꼼하게 한바퀴 돌았다.

또다른, 백화점의 옥상정원을 어슬렁거리던 그는 에스컬레이터를 타고 지하로 향했고, 그곳이 지하상가와 이어져 있는 것을 발견한 그는 지하상가를 가로질러 호텔로 들어섰다. 그는 가득한 사람들을 헤치고, 모든 층을 꼼꼼하게 한바퀴씩 돌던 또다른 그와 마침내 조우, 합체되었으며, 그 시각 국립현대미술관에 있던 그 또한 지하 1층의 슈퍼마켓을 발견하고 망설임 없이 진입했다. 슈퍼마켓의 중앙에 설치된 참기름 축제,라는 이름의 혹은 그런 느낌의 가판대에서 여분의 그와 모두 만나 온전한 하나가 되었다. 이제 온전한 하나가 된 그는 다양한 종류의 참기름을 검토하기 시작했다. 얼마 뒤 그는 낯익은 커플이 그의 앞에 서 있는 것을 발견했는데, 그들은 오늘 아침 시청 앞 호텔을 나설 때 마주쳤던 영국인 커플이었다.

남자가 한 손에 참기름병을 든 채 그에게 러시아인이냐고 물었다.

남자는 보리스 존슨을 닮았다. 아니 좀더 늙었다. 좀더 야비하게 생겼다.

"Are you from Russia?" 남자가 다시금 물었다.

그는 고개를 흔들었다. "No, sir."

"Have you ever heard the rumor of a Russian spy……"

여자가 남자에게 닥치라고 경고했다. 남자는 아랑곳하지 않고 다시 한번 그에게 러시아인이 아니냐고 물었다. 여자가 한번 더 경고했다. 그녀는 남자의 손에 들린 참기름병을 빼앗아 그것으로 그의 대갈통을 부숴버릴 기세였다. 한편, 멀리서 한 무리의 일본인 관광객들이 다가오고 있었다. 그들은 남자의 왼쪽 벽에 진열된 다양한 종류의 김을 노리고 있었다.

"Well, cease me if you don't mind! (Torturing is in my Scottish blood……!)"

커플이 서둘러 사라졌다.

동시에 그는 호텔을 빠져나왔다.

동시에 그는 백화점을 빠져나왔고, 미술관으로 들어섰다.

그리고 다시 미술관을 빠져나왔고, 그렇게 계속해서 그는 어딘가로 들어서는 동시에 빠져나왔다. 계속해서 빠져나오는 그는, 그 어느 곳에도 완전히 들어서지 못한 채로, 계속해서 미끄러지듯이 빠져나와지기만 하는 그의 의식에 대해서 이제 거의 완전히 무감한 듯했다. 그는 아주 차가운, 몹시 산뜻한, 과일 향과 꽃 향이 진하게 어우러진 단맛의 칵테일 레시피에 대해서 고민하기 시작했다.

라임 한조각.

흑설탕.

얼굴에서 땀이 났다.

신선한 애플민트 잎사귀.

말린 로즈마리?

짭짤한 바다내음과

시솔트,

절벽에 걸린 선셋?

토마토, 바질,

무성한 초록의 잎사귀들……

그렇게 기분 좋은 것들에 대해서 계속해서 상상하는 것은 쉽지 않았다. 왜냐하면 그는 말했다시피 자꾸만, 모든 곳으로부터 빠져나와지고 있었기 때문이다. 공간으로부터, 의식으로부터, 시간으로부터, 그가 속한 이 도시, 지구라는 커다란…… 하지만 동시에 그는 꽤 오래전부터 멀끔한 척 미술관을 배회하고 있었다. 스쳐 지나간 그림들을 그는 모조리 기억했다. 다 틀린 수학공식 같은 추상회화들, 관객을 향한 유치한 공격성을 뿜내는 구상화들, 혹은 그저 고자 같은 조각상들의 주위를 그는 빙빙 맴돌고 있었다.

그는 코카인에 환각증세, 기억상실, 혹은 기억의 불균질한 재분배라는 부작용이 있다는 사실을 믿지 않았다.

불순물 탓인 거야.

유리가루? 타이레놀? 꽃가루? 펜타닐?

하지만 백화점에서 본 커플은?

하지만 그곳은 호텔 라운지가 아니었나?

그렇다면 이 미술관은?

고심 끝에 그는 이 모든 것이 환상이며 그 환상이라는 것이 오직 하나의 장소에 속한다고, 지금 그는 불균질하면서도 동시에 완벽하게 통합된 하나의 환상적 장소에 속해 있으며, 그것이 일종의 광장이 아닌가…… 하고 사이비 문화평론가처럼 결론을 내보았다.

미친 걸까, 나는?

하지만 그는 솔직히, 본인이 정상적으로 기능하지 않고 있다는 사실을 받아들이기가 어려웠다.

그의 코카인 인생 13년, 아니 6개월이라고 적당히 해둬야지, 경찰 앞에서는, 아무튼 그는 이번에 구입한 코카인이 가져다준 기대치 않은 효과에 대해서 그저 어리둥절한 마음이었다.

하지만 이런 위험성을 두 팔 벌려 받아들이는 것이 진정한 거리의 삶이 아닌가?

다음 순간 그는 미술관 옥상에 있었다.

광장에 뭔가 거대한 것이 지어지고 있는 것을 그는 바라보았다.

건담인가?

헛소리, 아파트야, 아파트. 나도 안단 말이지!

그는 한번 더 코카인을 하느냐, 전시실로 돌아가느냐 사이에서 망설이다가 메인 전시실로 향했다.

우여곡절 끝에 도착한 메인 전시실에서, 그의 앞에 놓인 거대한 그림은 제목이 '광장'이었다. 그는 이제 자신이 미친 환상 속에 있다는 사실을 완전히 인정했다.

그림 속에서 한 여인이 출산을 하고 있었다.

그는 자신의 에러난 뇌가 만들어낸 유치한 이미지에 실소가 났다.

하지만 그것을 들여다봐야 한다.

내 속마음이니까?

Bullshit.

이건 그냥 배드트립일 뿐이야.

하지만 다시금 강조하지만 코카인 자체는 이런 환각을 만들어내지 않는다. 코카인은 trip을 만들어내지 않는단 말이다……

그는 스스로에게 설명하고, 또 애원했다.

그러고 나서 정말로 거북한 마음이 들었지만 꾹 참은 채, 그의 상상이 만들어낸 엉성한 민중예술의 필치로 그려진 출산 장면을 진지하게 바라보았다. 광장 한가운데 여자의 가랑이 사이, 깜깜한 구멍에서 애벌레 같은 뭔가가 꿈틀대며 기어나오고 있었다. 꾸물꾸물 기어나온 회백색의 애벌레는 다시금 급속하게 짙은 회색으로 변하더니 딱딱하게 굳어가기 시작했다. 그는 토할 것 같은 기분이 들었다. 한참을 응시하고 있자니 그 딱딱하게 굳은 회색 껍질이 천천히 푸르딩딩, 푸르르, 퍼렇게 변하더니 마침내 짙은 녹음의 녹색으로 변한 그 껍질을 찢고 무엇인가 흘러나오기 시작했다. 으으, 그것은 아주 지저분한 국물이었다. 아주 고약한, 지저분한 국물이 모두 흘러내리고, 껍질이 모두 녹아내린 자리에 한 조그마한 아이, 아주 예쁘고 통통한 아이, 그러니까 누나가 나에게 안겨주었던 바로 그 인형 같은 아이가 탄생해 나타났다.

짜잔!

오오!

멀리서 비명 같은 누나의 웃음소리가 들려왔고 그는 안도했다.

깨어났을 때, 그는 왠지 모를 슬픔에 잠깐 울었다.

최인훈의 『광장』에 대해서는 거의 다 잊은 채였다.

2019년 6월 15일, 5시 15분 15초……

울고 나자 기분이 한결 나아졌다. 그는 냉장고에서 생수병을 꺼내 반 정도 비운 뒤 누나에게 전화를 건 다음 화장실로 들어갔다.

흡입의 순간, 콧속 점막에서 폐까지 이르는 말랑한 관(管)의 사방으로 휙휙 날아가 꽂히는 수천만개의 입자들, 곱게 갈린 유리가루와 빌어먹을 이것들 저것들…… 또다른 웬수 같은 것들도 다 함께 파이팅……!

코카인 인생 13년, 하지만 그는 순도 100퍼센트의 코카인을 경험해본 적이 없었다.

순도 100퍼센트의 코카인이라는 단어는 그에게, 폭격이 한창인 예멘의 한 도시, 폭탄이 갈색 콩부스러기처럼 쏟아져내리는, 오래된 모스크가 터지고, 검은 니캅을 두른 여자들이 괴성을 지르며 뛰어다니다가 픽, 픽 쓰러지는 거리의 한복판에서, 기묘하게 티끌 하나 없이 설치된 그만의 투명 보호막 속에서, 최상급 예멘 모카 마타리 한

잔을 음미하는 자신을 떠오르게 했다.

한 시간이 지났다.

누나는 언제나 늦는다.

그는 룸서비스로 아이스 모카를 한잔 시켰다.

아이스 모카를 다 마시고 나서도 그의 누나는 도착하지 않았다.

딜러들은 항상 늦는다.

하지만 그는 마약상을 기다리는 것이 아니고 친누나를 기다리는 것이다.

하지만 그의 친누나가 마약상이 아니라는 법이 있나?

그는 비어버린 지퍼백을 원망 어린 눈길로 바라보다가 화장실로 향했다.

변기 물을 내리는 순간 벨이 울렸다.

마침내 등장한 누나는 언제나처럼 완벽했다. 그녀는 침대 맡에 놓인 베이지색 소파에 앉아 불안한 듯 주위를 둘러보았다.

"너는 여전하구나." 누나가 추억에 잠긴 듯한 톤으로 말했다.

"누나 우리 만난 지 사일밖에 안 됐어."

"한국에 온 지 얼마나 됐지?"

"두달…… 반?"

"엄마가 걱정하셔." 누나가 그렇게 말하고 실실 웃었다.

그는 어렸을 때 누나가 짜증나게 굴면 주먹으로 때렸는데, 이제는 더이상 그러지 않는다. 이제 성인이니까. 성인이 코피를 흘리면 안 되니까. 해서 그는 웃었다.

누나가 정색하며 민트색 레이디 디올백에서 황금색 백화점 상품권 봉투를 꺼내 그에게 주었다.

"용돈을 좀 가져왔어. 허튼 데 쓰지 말고, 응?"

"누나."

"응?"

"나는 누나밖에 없어."

그녀가 거절하듯 손을 저었다. 은빛 매니큐어로 정성스레 덮인 그녀의 검지 손톱 끝에 대롱대롱 매달린 채 반짝거리는……

"진짜 다이아몬드야."

누나가 손을 쭉 뻗어 흔들었다.

"누나 단골 주얼리숍이, 알지, 거기 주인아저씨가 한때 정말 좆같이 살았는데, 너처럼? 아니 너보다 더더…… 근데 이제는 정신 차리고 완전히 새출발하셨다는…… 나이가 몇이라더라? 예순일곱?"

"너 남편은 잘 있어?

"걔는 바빠. 아주 바빠. 일이 아주 천성인가봐. 맞아, 이것도."

누나가 가방을 열고 뭔가를 꺼냈다.

"엄마가 용돈과 함께 주신 사랑의 편지야."

"뭐?"

"혹시나 해서 미리 뜯어서 읽어봤는데 별 이야기는 없어."

"읽어줘."

"읽기 싫음 그냥 둬, 별거 아냐."

"그래서 뭔데?"

"커다란 하트 속에 담긴 사랑, 가족, 기타 등등……"

"그 커다란 하트란 뭘까, 일종의 광장일까?" 그는 멍한 표정으로 물었다.

누나가 고개를 끄덕였다. "그렇지, 그렇지."

뭐라도 안다는 표정으로 쌍년이……, 그는 생각하며 말했다.

"누나, 이제 가줘. 피곤해."

그 말만을 기다렸다는 듯 누나가 서둘러 일어섰다.

"누나."

"응?"

"아까 전에 꿈을 꿨는데. 누나가 아기를 낳는 꿈이었어……"

누나는 그의 이야기에 별로 관심이 없어 보였다. 엉거주춤 일어선 채로 그녀는 끊임없이 알람이 울리는 자신의 스마트폰을 홀린 눈으로 바라보고 있었다. 그는 정신 팔린 누나를 내버려둔 채 백화점 상품권 봉투를 들고 화장실로 들어가 문을 닫으며 작은 소리로 말했다.

"잘 가, 누나."

그가 화장실에서 나왔을 때 누나는 없었다. 그는 양쪽 코를 휴지로 틀어막은 채 뭔가를 찾는 듯이 한참 동안 방 안 여기저기를 기어다녔다. 마침내 몸을 일으켜 창가에 두껍게 쳐진 커튼을 열었을 때, 누군가 새하얀 솜 같은 것을 집어삼켰다가 다시 토해놓은 듯, 흐트러진 모양새의 흰 뭉치 같은 것이 어둠에 잠긴 광장 한가운데 안개처럼 떠올라 있었다. 다음 순간, 광장을 둘러싼 조명이 불을 밝혔다. 그러자 한 여자가 텅 빈 광장을 가로지르고 있는 것이 보였다. 그것은 물론 누나가 아니었다. 그녀는 아주 당당하게, 꼿꼿하게, 자신의 길을 아주 잘 아는 양, 망설이지 않고 한걸음, 한걸음 내딛고 있었다. 하지만 조금 더 긴 시

간 관찰하자 그녀가 뭔가로부터 도망치고 있다는 것을 알
수 있었다. 필사적으로, 그녀는 광장을 가로지르고 있었
다. 죽음에서, 혹은 악으로부터 도망치는 사람처럼, 절박
하게. 창가에 못 박힌 듯 서 있는 그와는 정반대로, 그녀는
아주 빠르게 광장으로부터 멀어지고 있었다.

예술가와
그의 보헤미안 친구

1

이수영은 대학교에서 한비를 만났다. 서울에 있는 꽤 유명한 사립대학교, 인터넷을 떠도는 대학 서열도에 따르면 스카이 아래아래아래 어딘가 위치하는 A대학교는 이수영이 태어나기 직전 한 대기업이 사들여 화이트칼라워커 양성소로 탈바꿈한 뒤 세련된 이미지를 소유하게 되었다. 그 대가로 학비가 놀랍도록 비쌌고, 미국의 아이비리그 대학들을 모델로 하여 좁은 캠퍼스 여기저기 비집고 들어선 신식 건물들이 풍기는 분위기는 급조된 신도시 풍으로 황량했다. 논술고사를 치르기 위해 학교 캠퍼스로 들어서던 순간을 이수영은 선명하게 기억하고 있다. 한마디로 끔찍했다. 만원 버스에서 내려 무채색의 두꺼운 외투를 입은 사람들로 가득한 횡단보도를 건너 학교 입구에 도착한 순간, 눈 딱 감고 도망치고 싶은 심정이었다. 하지만 어디로? 케임브리지? 프린스턴? 하버드? 그녀는 아주 잠깐, 서울대에 갈 정도로 충분히 공부하지 않은 스스로를 원망했다. 이어 좀더 일찍 유학길을 알아보지 못한 것을, 차라리 지방국립대에 지원할 것을 그랬나 싶기도 했고 하지만 무엇보다도 결점 없는 유전자와 교양 있는 가정환경 그리고 완벽한 교육계획에 입각하여 자신을 아이비리그에 보내지 못한 부모님의 한계, 즉 물질적 자본과 문화적 자본 양쪽의 명백한 부족, 그리고 그 부족함을 아버지의 엄청난 야심이라든지 광기에 가까운 모성애 등으로 메꾸려는 노력조차 하지 않은 그들이 너무나도, 뼈아프게 원망스러웠다. 그녀가 그렇게 원망 섞인 표정으로 교문 너머 어색하게 들어선 대학 건물들을 노려보는 사이에도, 그녀와 비슷하게 두툼한 겨울 외투를 걸친 수험생들이 꾸역꾸역 학교로 밀려들고 있었다. 그들은 그녀와 달리 별다른 원망이나 분노를 느끼지 않는 듯했다. 오히려 적당히 진지하고 차분하게 가라앉은 표정들이 퍽 어른스럽게 느껴졌다. 하여 그녀는 퍼뜩 정신을 차렸으며, 짧게 지속된 착란의 순간에서 얼른 빠져나와 대충 비슷하게 어른스러운 표정을 급조해내며 수험생 무리로 스며들었다. 하지만 직전의 짧지만 날카로운 혼란의 순간은 그녀의 기억에 영원히 각인되었으며, 이따금 예상치 못한 순간에 튀어나와 그녀 자신조차 당황하게 만들었다.

이수영은 원하던 과에 무난하게 합격했다. 그녀의 부모는 엄청난 학비가 걱정되기는 했지만 일단은 기뻐했다. 1년, 길어야 2년가량 무리하여 지원하면 그 뒤에는 대출을 받든지 아르바이트를 하든지 해서 알아서 해나갈 것이라는 계산이었다. 물론 좀더 무리하여 4년 전체를 지원할 생각도 없지는 않았다. 졸업과 동시에 번듯한 직장에 취직이 된다면, 그것이 성공적인 결혼으로까지 이어진다면 그렇게까지 무모한 투자는 아니라는 계산이었다.

문제는 그녀가 합격한 과가 국문학과라는 것이었다. 문제의 국문학과는 2년 전 예산 문제로 문예창작과와 통합되었으며, 다시 멀지 않은 미래에 지금의 절반 규모로 축소될 예정이었다. 학교 당국은 내심 국문학과 자체를 없애버리고 싶어했다. 일본어학과, 베트남어학과 등과 통합하여 범아시아어 학과로 만들면 좋을 것이다. 하지만 학교 측의 계획을 알아챈, 현 대통령과 깊은 친분이 있다고 알려진 눈치 빠른 원로 소장파 국문학과 교수가 민족의 얼을 파괴하려는 학교 당국의 사악한 의도를 용납할 수 없다고 저항하며 여기저기 강연회와 신문 기고 등에서 학교 설립자의 친일 행적을 문제 삼기 시작하여 그 계획은 아쉽지만 중단되었다. 다행인 것은 대통령은 언젠가 바뀌는데다가 문제의 교수 또한 나이가 아주 많다는 것이었다. 서두를 것이 없다. 시간은 학교의 편이었다.

현명한 고3 학부모들은 이렇게 안팎으로 어수선한 A대학 국문학과의 상황을 꿰뚫고 있었고, 그 결과 해당 학과의 수험생 지원율은 눈에 띌 정도로 낮아져 있었다. 해서 이수영이 입학할 당시 같은 과에 합격한 학생들은 다른 해보다도 확연하게 눈에 띌 정도로 모호하고 비실용적인 분위기를 풍기고 있었으며 그 분위기의 정점에 한비가 있었다.

한비는 너무나도 엉뚱한 분위기를 풍기는 인물이라서 꽤 비현실적인 분위기의 국문학과 동기들조차 그녀를 기피할 정도였다. 그녀의 단순한 한글 이름은 우리말을 몹시 사랑하는 친할아버지의 작품이었다. 한비의 아버지는 결혼 직후 아내와 함께 캐나다로 유학을 떠났고, 한비는 몬트리올에서 태어났다. 여섯살 때 한국으로 돌아와 현지에 대한 기억은 거의 없지만 현재 그녀의 국적은 캐나다였다. 한국으로 돌아온 뒤에도 아버지의 직업 문제로 한동안 이리저리 옮겨 다니며 살아야 했다. 부산, 울산, 광주 그리고 제주도와 대구를 거쳐 부모님 고향인 서울 강남으로 돌아온 그녀는 중학생이 되어 있었다. 그녀가 입학한 중학교는 광기 어린 입시 열기로 유명했고, 여름방학이 끝나기 직전 그녀는 자퇴를 하겠다고 고집을 피우기 시작했다. 결국 대안중학교로 전학 가는 것으로 타협을 한 뒤 학교와 가까운 분당으로 이사를 가게 되었다. 이후 대안고등학교, 재수생활 1년을 거쳐 그녀는 A대학교 국문학과에 입학하게 되었다.

40명 남짓한 신입생 가운데 실제로 한국문학에 관심을 갖고 있는 것은 한비가 유일했다. 나머지에게 국문학이란 고교 수업과 수능 대비를 위해서 지겹도록 읽고 또 읽어야 했던 엄청나게 지루한 문장들의 총합이라는 느낌 그이상도 이하도 아니었다. 독서에 조금이라도 관심이 있는 학생은 외국문학에 익숙했다. 하여 그 지긋지긋한 것들을 앞으로도 4년간 읽고 또 읽어야 한다고 생각하면 엄청 우울해지지만 사실 인생이 그런 것이 아니겠는가? 신입생의 대부분이 공무원을 미래의 직업으로 점찍어놓은 채로,

하지만 그를 위한 실제적 대비는 시작하지 않은 채, 막연하고 모호한 시기를 지나고 있었다.

그런데 대학생활이란 게 당최 별것이 있는가? 물론 그것이 서구 선진국의 환상적으로 근사한 캠퍼스에 펼쳐진 뭔가라면 얘기가 달라질 수 있겠지. 하지만 여기는 대한민국 수도 서울의 어정쩡한 도심권, 강남까지 안 막히면 택시 타고 15분이라는 입지는 꽤 유리한 조건이기는 했다. 그러나 그것은 서울 밖에서 온 학생들을 위한 장점에 불과했다. 이미 중학교, 고등학교 시절 줄기차게 헤매고 다닌 가로수길, 홍대 앞, 끽해야 이태원 일대, 몇몇 쇼핑몰과 백화점, 블로그 맛집, 티브이에 나온 맛집, SNS 맛집…… 서울 출신 학생들에게 서울 탐방은 권태로운 놀이에 불과했다. 자신들에게는 지겹기 짝이 없는 것들을 향해 눈을 반짝대는 이방인에게는 호기심보다 불쾌감이 앞섰다. 그 불쾌감의 원인은 무엇인가? 왜 풋풋한 이방인을 향해 호기심 대신 불쾌감을 느끼는가? 그 감정의 근원은 무엇일까? 물론 그런 질문은 당연히 떠오르지 않았다. 그들은 자신과 구분되지 않는 아이들과 몰려다니거나 혹은 차라리 혼자 있는 편을 택했다.

이수영은 그녀답게 혼자 있는 것을 택했다. 혼자서 조

용히, 하지만 들뜬 신입생의 심정으로 인터넷을 헤매 다니기 시작했다. 쇼핑몰, 게시판과 카페, 페이스북, 또다른 쇼핑몰, 또 또다른 쇼핑몰과 게시판…… 물론 그런 식의 인터넷 산책은 서울 도시 산책과 본질적으로 다르지 않았다. 하지만 훨씬 더 쉽고, 싸고, 자극적이라는 장점이 있었다. 아침 해가 떠오를 때까지, 휴대전화 배터리가 닳아빠질 때까지 그녀는 좁은 침대에 누워 그녀만의 순례를 이어갔다. 다름없는 하루하루, 겨우 몇시간 잠들었다가 억지로 깨어나 향하는 학교는 도무지 정이 들지가 않았다. 칙칙한 빛깔의 건물을 가득 채운 학생들, 절대로 눈도 마주치고 싶지 않은 남자 선배들과 왠지 모르게 항상 화가 나 보이는 여자 선배들, 그리고 자신만의 세계에 쏙 들어가 있는 듯한 동급생들, 이따금 마주치는 경영대나 의대, 법대생들은 영 다른 종족같이 느껴졌다.

'뭐 이따위 대학생활이 다 있담!'

어느 날 저녁, 런던에서 대학생활을 하는 중학교 동창의 페이스북을 훔쳐보던 이수영은 그런 생각에 도달했고, 분에 못 이겨 휴대전화를 집어 던졌다. 다행히 침대 매트리스 위로 떨어졌다. 그녀는 한참 휴대전화를 노려보다가 다시 침대에 누웠다. 그리고 뒤척이다가 방문 너머로 흘러들어오는 거실의 KBS 뉴스 소리가 너무나도 소름이 끼쳐 이불을 뒤집어쓰고 귀를 막았다.

'빌어먹을 운명! 저 ─ 주! 저 ─ 주!'

그녀는 흐느껴 울다 지쳐 일찍 잠이 들었다.

다음 날 아침 9시, 아슬아슬하게 시간에 맞춰 강의실에 도착했을 때 이수영은 혼자였다. 뒤쪽 창가 자리에 엉거주춤 앉으려다가 칠판에 쓰여 있는 공지를 발견했다. '금일 휴강. 보강수업 일시는 주말 중 단톡방에 통보 예정.' 그녀는 휴대전화를 들여다보았다. 어젯밤 11시 조교에게 카톡메시지가 와 있었다. 휴대전화를 분실해서 뒤늦게 휴강 공지를 하게 되었다며 죄송하다고 적혀 있었다. 허무한 심정으로 자리에서 일어나려는데 누군가 강의실로 들어왔다. 한비였다. 그녀는 이수영과 눈이 마주쳤고, 이수영의 허무한 표정에서 휴강이라는 것을 직감했다. 한비는 큰 소리로 웃음을 터뜨렸다.

"하! 하! 하!"

이어 강의실을 빠져나가던 그녀는 갑자기 멈추더니 뒤돌아 이수영을 향해 걸어왔다. 그녀의 얼굴에는 장난기 어린 미소가 떠올라 있었다. 이수영은 두려운 눈길로 그녀를 바라보았다.

*

    우연히도 이수영과 한비 둘 다 그날 그 강의 말고는 수
업이 없었다. 누가 제안했는지 모르지만 자연스럽게 함께
택시를 타고 가로수길로 향했다. 평일 아침의 가로수길은
한산했다. 주말이면 최소 한시간은 줄을 서서 기다려야
한다는, 절대 예약을 받지 않는 인기 만점의 브런치 카페
또한 텅텅 비어 있었다. 둘은 두시간 넘게 식당에 머물며
조용한 평일 아침 도심의 사치를 누렸다.

    두 사람은 신입생 오리엔테이션에서 서로를 보았고, 강
의실에서 종종 마주쳤으며, 당연하게도 서로의 이름을 알
고 있었으나 한번도 인사를 하거나 말을 해본 적이 없었
다. 이수영은 동급생들이 한비를 기피한다는 것을 알고
있었다. 그녀 본인으로 말하자면 한비에 대해 아무런 입
장이 없었다. 굳이 다가가지도 않고, 또 피하지도 않았다.
왜냐하면…… 솔직히 대부분의 학생들이 비슷한 입장이
지 않을까? 피할 이유도 없지만 굳이 친해지고 싶지는 않
다. 왜냐하면……

    동기들이 그녀에 대해서 느끼는 묘한 위화감을 한비도
알고 있을까? 안다면 그에 대해 뭐라고 생각할까? 한비는

동기 누구와도 친하지 않았지만 놀랍게도 혼자가 아니었다. 항상 누군가와 함께였다. 그들은 대체로 다른 학과의 나이가 많은 남자 선배들이었다. 혼자 있을 때도 그녀는 항상 바빠 보였다. 누군가와 긴 전화 통화를 하고 있거나 아니면 책을 읽고 있었다. 수업이 끝나면 홀연히 사라졌다. 나와 완전히 다른 세상을 살아가는 여자애. 하지만 전혀 부럽거나 궁금하지는 않다. 그것이 한비에 대한 이수영의 공식입장이었다. 그렇다면 이수영에 대한 한비의 입장은 무엇인가?

브런치 카페를 나선 둘은 근처의 한 커피숍으로 자리를 옮겼다. 그곳은 가로수길 중심부에서 멀지는 않았지만 좁은 골목을 여러 차례 비집고 들어가야 나타나는 곳으로, 간판도 없고 네이버맵이나 구글 검색에도 뜨지 않았다. 건물 외양은 허름해 보였으나 들어가보니 생각보다 크고, 이국적인 느낌으로 고급스럽게 꾸며져 있었다. 한비는 그 카페 주인과 잘 아는 듯했다. 카페 주인은 냉정해 보였지만, 한비가 이수영을 같은 과 친구라고 소개하자 몹시 따뜻한 미소를 지으며 반겨주었다. 그녀는 이수영에게 좋아하는 커피라든지 위스키, 와인에 대해 꼬치꼬치 캐물은 다음(이수영은 커피, 위스키, 와인 중 무엇도 즐기

지 않았으므로 난감했다) 파나마의 게이샤 커피를 추천
했다. 한비는 익숙한 말투로 에티오피아의 예가체프 마타
리를 시켰다.

한참이나 정성스럽게 내린 핸드드립 커피는 맛이 아주
좋았다. 약간 차(글렌번에서 봄에 첫 수확한 다즐링) 같
기도 하고 꽃(오렌지재스민) 냄새가 나기도 하고 다크초
콜릿과 건포도, 아몬드 맛이 동시에 나는 듯도 하다고 한
비는 주장했다. 영 무슨 말인지 모르겠지만 이수영은 대
충 동의했는데, 속으로는 스타벅스의 캐러멜 마키아토가
좀더 자신의 취향이라고 생각했다.

카페인에 취해 둘은 많은 이야기를 나누었다. 이수영은
한비가 학교에서 어울려 다니는 사람들이 같은 대안학교
출신 선배들이라는 것을 알게 되었다. 한비는 이수영이
초등학교 시절 글쓰기를 좋아했다는 것을 알게 되었다.
이외에도 둘은 서로의 좋아하는 것들, 싫어하는 것들, 재
미있는 것들, 화가 나는 것들 등등에 대해서 이야기했다.
이수영은 한비의 별명이 어른들 사이에서는 바람의 딸 한
비야, 또래들 사이에서는 레이니즘이었다는 것, 빌어먹을
이름 때문에 너무 많은 놀림을 받아서 개명할 생각도 여
러번 했다는 것을 알게 되었다. 한비는 이수영이 고등학

교 시절 같은 반에 수영이란 이름을 가진 학생이 네명이나 있어서 그들을 분류해서 부르느라 수영2, 혹은 작은중간 수영으로 불렸다는 것을 알게 되었다.(나머지는 작은수영, 큰중간 수영, 큰 수영 혹은 거인 수영으로 불렸다.)

두 사람은 여러가지로 달랐다. 사실상 겹치는 점이 아무것도 없는 듯했다. 놀랍게도 그 사실이 두 사람을 흥분하게 만들었다. 엄밀히 말해서 둘은 아주 다른 곳에서 왔지만, 한편 모두가 서로의 복제품 같은 좁디좁은 환경 속에 들어 있다는 점에서 비슷했다. 이수영의 주위에는 그녀의 부모를 포함하여 자신처럼 적당한 불만족 속에서, 적당한 망상과 적당한 현실 사이에서 적당히 타협한 채 살아가는 인간들로 가득했다. 한편 한비의 주위에는 그녀의 부모를 포함하여 어딘가 황당한 꿈을 품고 둥둥 떠서 살아가는 비현실적인 인간들로 가득했다. 이수영은 한비의 과격함에 감명받았다. 한비는 이수영의 현실성이 놀라웠다. 아주 가까운 곳에서 미지의 세계를 발견한 둘은 감격했다.

한껏 달아오른 두 사람의 분위기를 감지한 카페 주인이 두어번 더 커피를 리필해주었고 유기농 쿠키도 한 접시 대령해 왔다. 마침내 조증 환자의 천장에 닿은 광기와 구분되지 않는 흥분감 속에서 카페를 뛰쳐나온 둘은 좁은 골목길을 이리저리 빙글빙글 지그재그로 걷다가 압구정 현대백화점에 도달했다. 두 사람은 지하 분식코너에서 떡볶이와 튀김만두, 쫄면 등을 허겁지겁 나누어 먹은 다음 꼭대기층 팥빙수집으로 향했다. 빙수를 사이에 두고 둘은 다시 이야기꽃을 피웠다. 아니, 대체로 한비가 이야기하고 이수영은 들었다. 한비가 들떠 늘어놓는 이야기들, 음악, 미술, 문학, 철학과 패션, 예술과 인생 그리고 영화의 세계는 눈부시게 반짝거리는 빛으로 가득했다. 반짝이는 무지개 꽃가루가 끝없이 쏟아지고, 영롱한 오로라가 사방으로 퍼져나가는 그런 세계 속에 이수영은 갑자기 들어 있는 느낌이었다. 그녀는 완전히 사로잡혔다. 하지만 절정에 이른 이야기를 한비는 무자비하게 중단하며, 앗 약속이 있는 것을 깜빡했네, 역시 절정에 이른 이수영을 다 녹아버린 빙수와 함께 버려둔 채 떠나버렸다. 버림받은 이수영은 그러나 여전히 알 수 없는 구름에 둥둥 뜬 심정으로 백화점을 빠져나와 무채색의 압구정 거리를 헤매 다니다가 발견한 스타벅스에 들어가 캐러멜 마키아토를 주문했다.

아아, 너무 많은 카페인이 그녀의 혈관을 채우고 있었

다. 그녀는 한 손에 커피를 든 채 어둑해지는 하늘과 그 하늘을 뿌옇게 채운 미세먼지 속을 걷고 또 걸었다. 마침내 그녀가 정류장에 도착하여 버스를 기다리고 있을 때 갑자기 천둥 번개가 치고 세찬 비가 쏟아졌다. 사람들이 몸을 숙이고 뛰었다. 때마침 기다리던 버스가 도착했고, 이수영은 버스에 올라탔다. 버스 밖은 순식간에 흥건한 물의 세계가 되었다. 쏟아지는 빗속을 버스는 잠수함처럼 전진했다. 창밖을 바라보는 이수영은 반쯤 넋을 잃은 채였다. 너무나도 비현실적인 기분이었다. 도대체 오늘 한 비와의 만남의 의미는 무엇인가.

우주가 나에게 보내는 메시지인가? 그렇다면 그 메시지의 내용은 무엇인가?

*

그날은 진정 이수영에게 계시의 날이 되었다. 집으로 돌아왔을 때, 어머니는 거실 티브이 앞에 누워 졸고 있었는데, 티브이에서는 하필이면 시인 윤동주의 삶에 대한 다큐멘터리가 방송되고 있었다. 마침내 그녀는 깨달았다.

저것이 바로 계시다. 저것이 바로 계시의 메시지다. 윤동주! 한비! 국문학과! 그렇다, 내가 국문학과에 입학하게 된 것은 운명이었다!

그렇게 그녀는 시인이 되기로 결심했다.

잠 못 이룬 그 밤, 그녀는 과제를 하기 위해 학교 도서관에서 빌려 온 『한국 대표 현대시 100선』을 단숨에 읽었다. 그리고 다음 날 아침 학교에 도착한 즉시 도서관으로 향하여 집히는 대로 열권의 시집을 꺼내 들었다. 그렇게 시작된 독서는 지역과 시대를 가리지 않고 뻗어나갔다. 온갖 난해하다는 시들이 우습도록 쉽게 이해가 되었다. 그렇게 이해한 것을 그녀는 다시 자신의 언어로 옮겨 적었다. 그렇게 쓴 습작 시(?) 가운데 몇편을 선별하여 학기 초 별생각 없이 신청한 시창작 수업의 강사인 현직 시인 T에게 가져갔다. 그는 평범한 신입생처럼 보이던 이수영의 감춰진 재능에 깜짝 놀랐다. 그녀는 하루아침에 국문학과 최고의 천재로 떠올랐다. 학과장인 원로 교수가 그녀를 만나기 위해 과방으로 친히 행차할 정도였다.

이후 그녀는 T강사의 수업 시간마다 모호하고 도사 같

은 말들을 늘어놓기 시작했는데, 그럴 때마다 T시인은 사랑스러운 눈길로 그녀를 바라보았다. 그녀는 T시인과 그의 예술가 친구들과 어울리기 시작했다. 하지만 그녀가 가장 좋아하고 또 많은 시간을 함께 보내는 것은 한비였다. 그녀는 한비의 소개로 한비의 대안학교 선배들과도 어울렸다. 그들은 그녀가 시인 지망생이며, 그녀의 천재성을 이미 T시인이 인정한 상태라는 한비의 설명에 큰 감명을 받았다. T시인은 삼십대 중반으로, 유명세가 크지는 않았지만 한국문학에 관심이 많은 소수의 젊은이들 사이에서는 꽤 유명했다. 한비의 대안학교 선배들 가운데에서도 그의 열렬한 팬이 하나 있었는데 그는 즉각 이수영에게 큰 관심을 갖기 시작했다. 심지어 둘은 데이트 비슷한 것을 하기도 했으나, 이수영이 그에게 아무 관심이 없다는 것을 깨닫고 흐지부지되었다.

이수영의 유일한 관심사는 한비였다. 사실상 그녀의 모든 시는 한비를 향한 것이었다. 그녀는 한비를 사랑하게 된 것인가? 아니면 집착인가, 질투인가, 혹시 그저 오해일까? 이수영의 열렬한 애정에 대해 한비는 언제나 거리감을 유지했다. 그녀는 이수영을 피하는가, 혹은 불편해하는가? 아무리 봐도 그런 것은 아니었다. 그녀 또한 이수영을 좋아했다. 그녀는 이수영이 귀엽고, 똑똑하며, 또 재능이 있는, 착하고, 매력 있고, 멋지고 또…… 문제는 수영에 대한 한비의 생각이 오래가지 못한다는 것이었다. 그녀는 산만했다. 그것이 그녀의 고질적인 문제, 동시에 이수영을 들끓게 만드는 매력이었다. 그녀는 항상 이리저리 기분 좋게, 사람들 속을 흔들리며 다녔다. 다시 말해 인기가 많았다.

한비의 주위에는 온갖 종류의 사람들이 있었다. 대안학교 친구가 있었고, 분당 동네 친구가 있었다. 서울 친구가, 제주도 친구가, 또 대구 친구가 있었다. 또 (자주 바뀌는) 남자친구가, (역시 자주 바뀌는) 짝사랑 상대가, 그리고 그녀를 오랫동안 짝사랑해온 남자 사람 친구들이 있었다. 하지만 무엇보다 그녀의 가족이 있었다. 명상과 요가를 사랑하는 그녀의 어머니, 출장에서 돌아오는 길에 언제나 엉뚱한 선물을 사 오는 다정한 아버지가 있었다. 그녀를 아끼는 할아버지, 그는 이따금 사랑하는 손자 손녀들에게 장문의 손편지를 써 보냈다, 교양 있는 이모들과 숙모들 그리고 귀엽고 정신없는 사촌들이 있었다. 그들은 죄다 한비를 좋아했다. 그들은 모두가 한비의 편 혹은 팬이었다. 겹겹의 인간들 속에 한비는 들어 있었다. 열겹의 지퍼백에 쌓인 양파처럼, 그녀는 쏙 들어가 있었다. 도대체 어떻게 이렇게 신기하고 완벽한 환경 속에 한 인간이 들어 있을 수 있단 말인가. 이수영은 한비가 겹겹이, 근사한 향이 나는 무지갯빛 포장재에 돌돌 싸인 채, 가득한 인간들 사이로 여유로이 헤엄쳐 다니는 장면을 홀린 듯이 바라보았다.

이수영의 야심은 천재 시인이 되는 것이 아니었다. 그녀의 진짜 야심은, 한비를 둘러싼 인간 지퍼백들 가운데 최고가 되는 것이었다. 다시 말해 한비의 가장 친한 친구가 되고 싶었다. 아니 이미 그런 것이 아닐까? 한비도 이미 그렇게 생각하고 있는 것이 아닐까? 그렇지 않다면 왜 한비가 내년 여름에 몬트리올 친구를 만나러 갈 때 같이 가자고 했겠는가? 한비의 몬트리올 친구는 짐작건대 한비가 (이수영을 빼고) 가장 좋아하는 친구였다. 한비가 나를 최고의 친구라고 생각하지 않았다면 과연 그런 의미심장한 여행을 제안했겠는가?

이수영은 열심히 시를 쓰는 한편, 한비와의 몬트리올 여행을 고대하며 여러가지 준비를 했다. 영어 공부, 불어 공부, 그리고 여행 자금을 모으기 위한 아르바이트. 하루 24시간이 진정으로 모자란 나날이었다. 한비를 자주 만날 수도 없었다. 하지만 그럴수록 그녀는 몬트리올 여행에 많은 것을 걸기 시작했다. 마침내 여행 당일 이수영이 인천공항에 도착했을 때, 한비는 이미 항공사 부스에서 출국 수속을 밟고 있었다. 그녀는 혼자가 아니었다. 사촌 남동생 한마음과 함께였다.

이후 이어진 3주가량의 몬트리올 여행의 디테일을 이수영은 가족을 포함하여 아무에게도 말하지 않았다. 문제의 3주간, 마일엔드(Mile End)라는 근사한 힙스터 동네에 꼼짝없이 갇힌 이수영은 한비와 그녀의 캐나다인 친구 데비 그리고 한마음이 선보이는 각종 이기적인 행태의 유일한 관객이었다. 그 3주간 한비와 데비 그리고 한마음은 따로 또 같이, 마치 묘기를 부리듯이 이수영을 향해, 또한편 서로를 향해 마치 전위적인 춤을 추듯이, 뭐랄까, 그것은 정말이지 묘사하는 것이 불가능할 정도로 짜증나는 상황이었는데, 아마도 그래서 이수영은 그날들에 대해서 누구에게도 설명하는 것을 포기했는지도 모르겠다. 간단히 말하면 그 셋은 서로를 골탕 먹이는 데 중독된 일곱살짜리 꼬마녀석들 같았다. 하지만 언제나 서로를 사랑하는 다정한 삼총사라는 콘셉트를 유지하려고 했고, 그 콘셉트가 단지 콘셉트가 아니라 세상에서 유일한 진리라는 것을 이수영에게 설득시키기 위해서라면 무슨 짓이라도 할 것처럼 보였다. 그 괴상한 삼인조의 장난이 절정에 달한 일은 금요일 밤, 이수영이 주방에서 요리를 하는 사이 아무 말도 없이 우버를 불러 공항으로 향한 것이었다. 식탁에 음식을 차리다 말고 문득 텅 빈 집에 홀로 남겨진 것을 깨달은 이수영은 한비에게 전화를 걸었다. 그녀는 뉴욕에 간다고 대답했다. 목소리에서는 아무런 망설임도, 미안함도 느껴지지 않았다.

　—뉴욕? 미국 뉴욕 말이야?

　한비는 대답이 없었다. 대신 누군가 옆에서 깔깔거리는 웃음소리가 들려왔다.

　—그럼 난? 나 혼자 여기서 뭐하라고? 언제 그런 계획이 생긴 건데? 어떻게 나한테는 말 한마디 없이……

　—Because I thought, I thought, what if she hated New York……?

　한참을 뜸 들이던 한비가 영어로 대답했다.

　—내가 언제 뉴욕을 싫어한다고 그랬는데?

　—Nooo, I mean 너가 싫어하면 어떡하나……

　3일 후 한비는 홀로 돌아왔다. 데비는 브루클린에 있는 남자친구 집에 좀더 머물기로 했고, 한마음은 또다른 사촌을 보러 보스턴에 간다고 했다. 홀로 돌아온 한비는 데비와 한마음의 욕을 끝도 없이 늘어놓았다. 그리고 처음 만났던 날처럼 이수영에게 몹시 잘해주었다. 며칠 뒤 한마음이 돌아왔다. 실제로 한비와 한마음은 사이가 좋지 않아 보였다. 가는 날까지 한비는 이수영의 옆에 딱 붙어 있었다. 데비는 끝내 돌아오지 않았다.

인천공항에서 집으로 돌아오는 길 이수영은 한통의 전화를 받았다. 그녀가 응모한 모 출판사의 신인시인상에 당선되었다는 소식이었다.

2

시간은 흘러, 졸업 시즌이 다가오고 있었다. 이수영은 2년 차 젊은 시인으로서 이따금 청탁을 받거나 여기저기 불려 다니는 것을 제외하면 T시인 패거리와 술을 마시러 다니거나 혹은 이따금 한비를 만나는 것이 생활의 전부였다. 자연스럽게 그녀의 부모는 자식의 앞날을 걱정하기 시작했다. 처음 그녀가 시인으로 당선되었다는 소식을 들었을 때 그들은 약간 어리둥절하기는 했지만 나쁜 일이 생긴 것은 아니라고 생각했다. 이수영이 얼마 안 되는 상금을 털어 어머니와 아버지에게 실용적인 외투를, 그리고 늦둥이 여동생에게는 두달치 영어 학원비를 선물로 주었을 때, 또 온 가족이 시내의 호텔 중식당에서 지나치게 비현실적인 가격의 탕수육과 짜장면, 짬뽕을 배가 터지게 먹었을 때 자신들의 딸이 기대 이상의 효녀일지도 모른다는, 그녀가 본인들의 인생을 활짝 펴줄지도 모른다는 근거 없는 상상에 아주 잠깐 빠져들기도 했다. 하지만 꿈은 꿈일 뿐이었다. 시인이 된 이수영은 빈둥거리는 생활로 당당하게 접어들었다. 그녀는 매일같이 술에 취해 밤늦게 집에 왔고, 하루도 빠지지 않고 늦잠을 잤다. 어머니가 어느 날 조심스럽게 취업에 대한 계획을 물었을 때 이수영은 몹시 격앙된 반응을 보였다. 그 히스테리컬한 반응을 요약하자면, 나처럼 위대한 사람에게 샐러리맨이라니 가당키나 한가.

이수영의 어머니는 깜짝 놀랐다. 내 딸의 어느 구석에 이런 과대망상의 기질이 숨어 있었단 말인가. 그녀는 그날 밤늦게까지 고민한 끝에 딸이 자주 언급하는 같은 과 한비라는 여자애가 착하고 순진한 이수영에게 사악한 영향력을 발휘했다는 결론에 도달했다. 찰거머리같이 찰싹 달라붙은 그 여자애를 어떻게 떼어낸담! 그 요망한 계집 때문에 내 딸은 정신이 나가버렸으며, 취직도 결혼도 물 건너가버릴지도 모른다고 그녀는 생각했다. 그 사악한 년이 내 딸을 망가뜨리고 있다. 하지만 무슨 수로 막는단 말인가! 그녀는 생애 최초로 우울증 증세를 보이기 시작했다.

한편 이수영은 한비가 요즘 대체 어떻게 살아가는지 전혀 감을 잡을 수가 없었다. 이따금 만나긴 하지만 만날 때마다 놀랍도록 다른 사람 같았다. 어떤 날은 몬트리올에서처럼 사악해 보였고, 어떤 날은 수면제에 취한 사람처럼 어눌했다. 또 어떤 날은 예전처럼 반짝반짝한 한비였고, 또 어떤 날에는 수녀처럼 무정했다. 굳이 일관된 특징을 꼽아보자면 여행이 잦다는 것이었다. 어떤 날은 부산에 있다고 하더니 다음 날은 일본이었고 얼마 뒤에는 방콕에서 찍은 사진이 페이스북에 올라와 있었다. 중간고사가 한창인 어느 날 밤늦게 걸려온 전화에서 그녀는 강릉의 한 호텔에 있다고 했다.

―혼자?

이수영이 물었다.

―응.

한비가 대답했다.

— 창밖으로 호수가 내려다보여. 수많은 별들이 반짝거려. Sooo pretty……

다시금 시간이 흘러, 졸업 이후 이수영의 삶은 다행히도 상상한 것보다 훨씬 덜 끔찍했다. 어쩌면 대학 시절보다 낫다고 할 수도 있었다. 그녀가 그런 생각을 하게 된 것은 전적으로 한비와 전보다 자주 어울려 놀게 되었기 때문이다. 어느새 한비는 예전의 한비로 돌아가 있었고, 한동안 멀리하던 대안학교 선배들과도 다시 가까워졌다. 한비는 그들을 만날 때 종종 이수영을 불렀다. 얘기를 들어보니, 대안학교 선배 B가 서울시의 지원을 받아 스타트업 사업을 시작했는데 거기에 한비도 참여하기로 했다고 한다. 그 사업의 내용은 서울의 부촌에 신선한 유기농 채소를 새벽에 배송하는 인터넷 쇼핑몰을 운영해 거기에서 얻은 이윤을 바탕으로 소외 계층의 영어 교육을 지원하겠다는 것이었다. 이수영은 완전히 한심한 프로젝트라는 생각이 들었으나, 한비가 매우 진지한 표정으로 설명했으므로 잠자코 있었다.

시간은 아주 잘 갔다. 이수영은 T시인 패거리, 그리고 한비의 스타트업 패거리, 두 그룹과 번갈아 어울리며 남은 시간에는 T시인의 주선으로 시작한 글쓰기 아르바이트를 했다. 그해 겨울 그녀의 시가 유명 문학상의 우수작으로 선정되었다.

한비도 이런저런 일들 속에서 나이를 먹어갔다. 대안학교 선배의 스타트업 사업이 좌초된 뒤 그녀는 6개월간 몬트리올에서 지냈다. 이후 한국으로 들어온 그녀는 필라테스 마니아가 되었으며, 대안학교 선배 B가 새롭게 구상하는 사업인 필라테스와 마사지, 명상을 테마로 하는 소규모 여행사 프로젝트에 합류했다. 그녀와 B가 연인 사이라는 루머가 돌았다. 한비는 완강히 부인했다. 그녀는 B 같은 타입의 남자, 구체적으로 말해 여유로운 집안 출신의 나이브한 도련님에게 아무런 매력을 느끼지 못한다고 주장했다. 하지만 그녀는 그 뒤로도 계속해서 새롭게 펼쳐졌다가 버려지는 B의 모든 사업에 동참했다.

그간 이수영은 몇번의 연애를 했다. 상대는 문학계에 속하는 남자들이었다. 그들은 대체로 말이 많았고 섹스를 못했다. 다행인지 세간에 떠도는 사이코패스 타입의 예술가 남자를 만난 적은 없었다. 그녀의 연인들은 대체로 착했지만 무능했다. 혹은 표면적으로 그렇게 보였다. 즉 결혼에 이르기에는 뭔가 부족했다. 비슷비슷한 타입의 남자들에게 지겨워진 그녀는 한비의 스타트업 패거리들에게 눈을 돌려보기도 했으나 그들 중 반은 오래된 여자친구가 있었고, 반은 놀랍게도 이미 유부남이었다.

서른살!

이수영보다 한달 앞선 한비의 서른살 생일 파티는 성공적이었다. 장소는 얼마 전 독립한 한비의 연남동 오피스텔이었다. 처음 방문해보는 한비의 새 보금자리는 생각보다 널찍했고, 온갖 비싸고 엉뚱한 소품들로 채워져 있었다.

한비의 친구들이 한명 한명 도착했고, 그녀의 독특한 보금자리는 이내 사람들로 가득 채워졌다. 한비는 그들 사이를 한마리의 이국적인 물고기처럼 유유히 헤엄쳐 다녔다. 꽤 늦게 도착한 B 선배는 모르는 여자와 함께였다. 약혼녀라고 했다. 일본인이라는 그녀의 한국말은 서툴렀다. B는 한껏 흥에 겨운 목소리로 한달 뒤 여자의 고향인 나고야에서 결혼식을 올릴 예정이라고 말했다.

—하지만 한국에서 살 거예요. 한국에 온 지 5년 됐어

요. 서울이 참 좋아요.

B의 약혼녀가 수줍게 말했다. 그들은 옥수동에 신혼집을 구했으며 사실 이미 신혼집에 들어가 살고 있다고 했다. 한비는 B의 약혼녀와 친한 듯했다. 그녀는 둘의 결혼을 몹시 부러워했으며 그래서인지 B와 그의 약혼녀는 한비를 향해 노처녀가 되었다며 짓궂게 놀렸다.

파티가 절정에 이르렀을 때, 이수영은 떠나야 했다. 최근 취직한 국어학원에서 다음 날 아침 일찍 주말 보강수업이 있었기 때문이다. 술에 한껏 취한 한비는 몹시 아쉬워했으며, 다음 달 이수영의 생일 때 만나기로 굳게 약속했다.

*

이수영의 생일날은 아침부터 일진이 좋지 않았다. 최근 그녀와 동료 학원강사 C는 서로에게 호감을 갖게 되었다. 데이트를 할 수 있는 시간은 수업이 끝난 늦은 밤뿐이라서 한동안 얌전했던 그녀의 귀가 시간은 점차 늦어지고 있었다. 간밤에는 생일을 핑계로 다른 동료 강사들까지 합류하여 늦게까지 술판을 벌이느라 더욱 늦게 집에 들어오게 되었는데 그것이 어머니의 화를 제대로 돋우고 말았다. 우울증에 갱년기 증세까지 겹친 그녀는 이제 딸의 모든 것이 마음에 안 들었다. 번듯한 직업과 멀쩡한 남자와의 결혼, 그것이 딸에게 바라는 전부였건만! 그녀는 자신에게 평범하게 여겨지는 그 두가지 성취가 딸 세대에게는 최고급 사치재가 된 것을 이해하지 못했다. 차라리 다이아몬드라면 얼마든지 얻을 수 있다. 하지만 멀쩡한 결혼과 제대로 된 직업이라니, 그런 것이 요즘 세상 어디에 있단 말인가?

하지만 이수영의 어머니는 자신의 딸이 그 두가지를 갖지 못한 것을 오로지 한비 탓으로 여기고 있었다. 한비만 아니었으면 딸이 시인 나부랭이가 되어 학원강사 짓이나 하며 노처녀로 늙어가게 되지는 않았을 거라고 말이다. 하지만 그것은 사실인가? 한비가 아니라면 이수영은 번듯한 공무원이 되어 책임감 있는 멋진 남편을 갖게 되었을까?

한비가 그녀에게 엄청난 영향을 끼친 것은 사실이었다. 그것은 누구보다 이수영 본인이 인정하는 바였다. 하지만 그 영향이 과연 사악한 것일까? 물론 그녀는 처음부터, 혹은 최근 들어 더욱, 이따금, 하지만 강력하게, 한비와 그녀의 인생 사이에는 거대한 강이 가로지르고 있다는 것을 느꼈다. 하지만 그런 한비가 빠진 이수영의 젊음은 얼마나 무채색이었을까! 영어 공부와 취업 준비, 그리고 거지같은 소개팅과 시시한 연애 정도로 채워진 꽤 비참한 것이었음이 분명하다. 정말이지 한비는 그녀의 인생을 전혀 망하게 하지 않았다. 이수영이 스스로, 그리고 나름대로 현명하게 한비에게로 끌려간 것이다.

어쨌든 생일날 아침부터 어머니와 한바탕하고 집을 나선 이수영은 기분이 좋지 않았다. 저녁에 이태원 모 술집에서 열기로 한 생일 파티까지는 지겹도록 긴 시간이 펼쳐져 있었다. 동료 강사 C는 공교롭게도 오늘이 어머니 생신이라서 대전에 있는 부모님 댁에 가 있었다.

집에서 나와 한참을 목적 없이 걷던 그녀는 오랜만에 도서관에 방문해보기로 했다. 걸어서 15분 만에 도착한 도서관은 하필이면 휴관이었고, 그녀는 허무하고 울적한 기분에 잠시 망설이다가 광화문 교보문고에 가기로 결심하고 택시를 잡아탔다. 그녀가 탄 택시는 유독 차 안에서 담배 냄새가 심하게 났고 기사는 운전이 사나웠다. 서점 앞에 내렸을 때는 이미 지쳐 있었다. 그녀는 서점 안에 있는 프랜차이즈 카페에서 샌드위치와 커피를 주문하여 꾸역꾸역 먹기 시작했다.

한시간쯤 지나 그녀는 두권의 책이 든 쇼핑백을 든 채 지하철을 타고 이태원으로 향했다. 이태원역에 도착한 뒤 잠시 동네를 돌아보다가 카페에 들어가 커피를 주문하고 서점에서 사 온 책들을 뒤적이며 시간을 죽였다. 다시 시계를 봤을 때는 약속 시간까지 다섯시간이 남아 있었다. 그녀는 찜질방에 가서 한숨 자고 나오기로 마음먹었다.

찜질방을 나섰을 때는 이미 깜깜했다. 약속 장소에 10분 늦게 도착했으나 그녀가 가장 먼저 도착한 손님이었다. 그녀는 씁쓸한 표정으로 10년산 아드벡 위스키를 한잔 시키고 사람들을 기다렸다. 사람들이 약속 장소에 도착하는 대신, 휴대전화에 꾸역꾸역 메시지가 채워졌다. 늦었어, 미안해, 가고 있어, 갑자기 일이 생겨서, 미안해, 정말 미안해, 거의 도착했어! 이수영은 위스키를 한잔 더 시켰다. 한비는 아무 메시지도 없었다. 30분이 지나고 마침내 친구들이 하나둘 도착하기 시작했다. 한시간 반가량 지나자 한비가 한 남자와 함께 나타났다. 커다란 덩치의 금발 백인 남자였다. 이수영은 얼떨결에 자리에서 일어났다. 남자가 양팔을 활짝 쳐들며 서툰 한국어로 말했다.

"이수영 씨 생일 축하해요!"

한비가 호탕하게 웃으며 남자를 껴안고 뺨에 키스했다.

"수영아 인사해, 소개할게. 이쪽은 도미니크야."

그리고 다시 한번 뭐가 우스운지 자지러지게 웃었다.

도미니크는 독일계 스위스인으로 몬트리올에서 태어나 자랐으며 스위스, 캐나다 복수국적을 갖고 있었다. 그는 몇달 전부터 캐나다의 한 제약회사 한국지부에서 일하고 있었는데 진짜 삶의 열정은 스키에 있으며 대학 시절 스위스 국가대표로 동계올림픽에 출전한 적도 있다고 했다. 그는 겨울이 오면 한국에 있는 모든 스키장에 가보겠다는 야망을 불태우고 있었다.

그날 한비보다 더욱 늦게 도착한 것은 T시인 일당이었다. 그들은 이미 거나하게 취해 있었고 도미니크에게 커다란 관심을 보였다. T시인은 한참 동안 어설픈 영어로 스위스의 인종차별에 대해서 도미니크와 논쟁을 벌였다.

술에 푹 취한 이수영은 몽롱해진 눈으로 자신의 눈앞에서 벌어지는 일들을 바라보았다. 테이블을 가득 채운 술잔과 술병들, 알록달록한 안주, 접시에 늘어진 파스타 가닥들, 어느새 그녀의 손에 들린 무지개색의 칵테일, 스피커에서 흘러나오는 옛, 옛 노래들…… 문득 모든 것이 오래된 꿈처럼 느껴졌다. 그녀는 이 괴상한 꿈의 출발점, 이 광경 전체의 근원, 그녀 이십대의 전부, 진짜 사람 홀리게 만드는 Blower's Daughter(배낭여행가 한비야 말고 영화 「클로저」의 내털리 포트먼) 한비를 바라보았다. 그녀의 독특한 웃음, 묘하게 유혹적인, 엉뚱하게 선머슴 같은 순진한 표정과 반대로 수상하게 반짝이는, 상상 속의 일본 미니멀리스트 패션 브랜드의 뮤즈 같은, 납작한 검은 눈동자와 통통한 입술, 핑크빛 팔꿈치……

아아 그녀는 정체불명의 열대 해변 같은 향기를 풍겼다. 이수영은 한비가 적어도 세 종류의 향수를 섞어 뿌린다는 것을 알고 있었다. '내 몸에서 나는 향이 뭐야? 나는 전혀 모르겠는걸……' 하고 속삭이는 미스터리한 열대 과일 같은…… 도대체 저 생명체의 정체는 뭐지? 도대체 어떻게 탄생하게 된 걸까? 왜 굳이 저런 식으로 만들어진 거지? 도대체 뭐가 되어가는 중인 걸까? 진화일까 아니면 퇴화일까? 이수영은 궁금해졌다. 그녀를 거기에 이르게 한 그녀의 창조자, 커튼 뒤의 진짜 얼굴, 그러니까 진실을 말이다.

*

이수영이 그 진실을 대면할 기회는 금세 찾아왔다. 그

것은 한비의 결혼식이었다. 그렇다. 한비는 이수영의 생일날로부터 정확히 3개월 뒤 강남의 한 예식장에서 도미니크와 결혼식을 올렸다. 식이 끝나고 가로수길의 카페에서 거한 애프터파티가 열렸다. 그곳은 다름 아닌 이수영이 한비를 처음 만난 날, 함께 갔던 카페였다. 그 카페가 한비의 이모가 운영하는 곳이라는 것을, 그날 보았던 냉정한 바리스타가 바로 그 이모였다는 것을 이수영은 그때 처음 알았다.

알고 지낸 지 10년이 지났건만 이제야 한비에 대해 알게 된 것이 많았다. 도미니크가 문제의 몬트리올 친구였다는 것, 그때 몬트리올에서 한비가 그렇게나 이상하게 굴었던 것 역시 그 때문이라는 사실을 말이다. 몬트리올에서 만나기로 철석같이 약속한 그가 한비가 도착하기 며칠 전 친구들과 함께 멕시코 연안의 무슨 섬으로 여행을 떠나버렸고, 이후 몬트리올로 돌아오는 대신 뉴욕에 들른다는 소식을 들은 한비가 무작정 뉴욕으로 떠났던 것이라는 얘기도. 한편 한비에게 두 살 터울의 남동생이 있으며 그는 뭇 여성이 바라는 이상적인 미혼 남성으로서(명문대 졸업, 전문직, 키 185센티미터) 여자친구는 강남의 잘나가는 성형외과 의사인데 그녀 자신이 너무나도 완벽한 자연 미인이라서 그녀를 찾아오는 모든 환자들이 그녀처럼 고쳐달라고 애원한다는 것, 기타 등등…… 더욱 놀라운 것은 그녀가 얼마 전 모교의 국문학과 대학원 석사과정에 지원하여 합격했다는 것과 또 그녀의 신혼집이 옥수동이라는 것이었다. 하지만 그날 충격의 하이라이트는 한비의 부모님이었다.

언뜻, 그들은 완벽한 중년 부부처럼 보였다. 고상한 인상의 어머니는 누구보다 세련돼 보이게 와인 잔을 쥘 줄 알았으며, 아버지는 교양 있는 유학파 명문대 교수처럼 보였는데, 사실이 그러했다.

애프터파티가 한창인 카페의 한구석에 조용히, 그림같이 앉은 그 부부는 고막을 찢을 듯이 커다란 소리로 흘러나오는 데이비드 보위의 음악에 맞춰 자연스럽게 고개를 까딱거리며 카페를 채운 젊은이들을 자애로운 표정으로 바라보았다.

알록달록, 새콤달콤한 과일향 캔디처럼 싱그러운 젊은이들이라고 저 부부는 느끼고 있을까? 적어도 한비와 도미니크는 그래 보였다. 알록달록, 새콤달콤한 캔디가 혀를 자극하듯 자극적인, 한쌍의 완벽한 젊은이. 한비가 몸을 흔들 때마다 그녀의 어깨에 걸쳐진 푸시아핑크색 크로셰 드레스가 불길하게 흔들렸다. 누군가를 유혹하듯, 깜—빡, 아무 감정도 없어 보이는 눈을 가진 어항 속 신비한 색깔의 물고기처럼, 깜—빡. 이수영은 한비의 부모를 바라보았다. 그들 또한 어느새 물끄러미 자신의 딸을 바라보고 있었다. 이수영은 언뜻 차분해 보이는 그들의 표정에서 뭔가를 감지했다. 우아한 표정 너머, 자신의 딸이 보내는 유혹의 신호에 한껏 도취된 그들의 정신을 말이다.

그녀는 다시 한비를 보았다. 깜—빡. 이제 완전히 이해할 수 있었다. 한비가 보내는 유혹의 신호, 그 모호하게 열렬한, 자연스럽지만 필사적인, 그리하여 굉장히 그로테스크해지는 그녀의 구애가 다름 아닌 자신의 부모를 향한 것이라는 사실을 말이다. 하여 진실 또한 명확해졌다. 그녀가 청춘을 바쳐 선망한 신비한 생명체 한비의 창조자가 바로 그녀의 부모라는 것이 말이다. 하지만 당연한 사실이 아닌가? 대체 그 진실의 어느 부분이 충격적일 수 있는가? 바로 그들이 한비를 낳아 기른 부모인 것이다. 그들이 수십년에 걸쳐 다듬고 깎아 완성한 자랑스러운 작품, 바로 그것이 한비인 것이다.

너무나도 당연하고 단순한 진실이 가져다준 충격에 어

지러워진 이수영 앞에 나타난 것은 한비의 부모였다. 그들은 은은한 미소를 지은 채 그녀의 앞에 나란히 서 있었다. 이수영이 서둘러 일어나 인사했다.

"안녕하세요?"

"네가 한비 친구 이수영이지?"

한비의 어머니가 물었다.

"네, 정식으로 인사드려요. 축하드립니다! 한비가 오늘 너무너무 예쁘죠!"

이수영이 말하며 한비 쪽을 바라보았다. 그녀는 어느새 테이블에 앉아 B선배와 이야기를 나누고 있었다. 도미니크는 보이지 않았다.

"우리가 축하받을 게 뭐 있니. 한비 쟤 인생인데! 자신의 삶을 살아가는 거지. 그렇지 않아요?"

한비의 어머니가 묘한 웃음을 지으며 남편을 바라보았다.

"암, 그렇지! 우리는 그저 한비의 행복을 바랄 뿐이지."

한비의 아버지 또한 묘한 웃음을 지어 보이다가는 별안간 진지해진 표정으로 이수영을 향해 물었다.

"시인이라고 했던가, 이수영 양?"

"아…… 예…… 예, 맞아요."

"그래그래, 맞아! 네가 한비의 예술가 친구지!"

한비의 어머니가 멀리 한비를, 다시 이수영의 얼굴을 보며 말을 이었다. "그래그래, 맞아. 수영이 네가 우리 한비의 예술가 친구! 예술가 친구 이수영! 그렇다면 우리 한비는⋯⋯?" 모호한 의문형의 문장으로 말을 끝내며 그녀는 남편을 바라보았다.

"우리 한비는?" 한비의 아버지가 의아한 얼굴로 아내를 보았다.

"그렇다면 우리 한비는 뭘까요?"

"우리 한비가 뭐긴 뭐야?"

"그렇다면 우리 한비는⋯⋯ 그렇다면⋯⋯"

"대체 무슨 말을 하고 싶은 거야? 한비가 뭐?" 한비의 아버지가 답답하다는 표정으로 아내를 보았다. 그녀는 대답 대신 골똘히 생각에 잠긴 표정을 지어 보였다.

"여보⋯⋯" 마침내 한비의 아버지가 돌아가자는 제스처를 취하며 아내의 팔을 잡으려는 찰나,

"보헤미안! 우리 한비는 보헤미안!"

한비의 어머니가 손뼉을 짝, 치며 외쳤다.

"그쵸, 맞죠, 여보? 우리 한비는 보헤미안! 보헤미안!"

"뭐? 보헤미안?" 한비의 아버지가 잠시 생각하는 듯하

더니 웃음을 터뜨렸다.

"으하하하 맞군, 맞아! 우리 한비 녀석이 보헤미안이었네! 맞군, 맞아, 영락없는 보헤미안이었어! 이럴 수가! 왜 깨닫지 못했던가! 으하하하하하!"

한비의 아버지가 너무나도 참을 수 없이 웃기다는 듯이 배를 잡고 몸을 뒤틀며 웃어댔다.

"맞죠, 그죠, 여보, 그죠? 그렇지, 수영아? 우리 한비는 보헤미안, 너는 예술가! 우리 한비는 보헤미안! 그리고 이수영이 너는 예술가! 예술가! 예술가!"

흥분한 한비의 어머니가 급기야 이수영에게 삿대질을 하며 소리치기 시작했다. 이수영의 표정이 급격히 안 좋아지는 것을 눈치챈 한비의 아버지가 아내의 어깨를 감싸 안으며 말했다.

"하하, 여보 그만…… 이제 그만…… 하하…… 이수영 양, 만나서 반가웠어. 너무나도 반가웠어. 그렇지, 여보? 몹시 반가웠지? 하지만 우리는 이제 가봐야겠지, 여보?"

그가 강하게 동의를 구하는 표정으로 아내를 바라보았다.

"그죠, 그죠. 우리는 이제 가야겠죠? 늙다리들이 옆에 있으면 젊은 사람들이 불편해할 테니까, 우리는 이제 그

만 쏙 빠져줘야겠죠? 민폐가 되면 안 되니까? 그렇지, 수
영아? 그렇지, 여보? 여보?"

그녀는 계속해서 질문하며 한비의 아버지에게 끌려 어
딘가로 사라졌다.

*

해 뜨기 직전, 가장 춥고 또 깜깜한 시간에 이수영은 집
으로 돌아왔다. 그녀는 잠드는 대신 책상 앞에 앉아 뭔가
를 골똘히 생각하기 시작했다. 자신의 이십대에 대하여.
지난 10년, 그 긴 시간…… 오늘따라 사기당한 기분이 드
는 것은 왜일까? 완벽하게 뒤통수 맞은 듯한 이 느낌의
정체는 무엇일까? 왜 그런 기분이 드는 걸까.

그녀는 찌푸린 얼굴로 눈을 감았다.

달뜬 얼굴로 한비와 자신을 번갈아 가리키던 한비 어
머니의 모습이 아른거렸다.

보헤미안 한비.

그리고 그의 예술가 친구, 이수영.

보헤미안 한비와 그의 예술가 친구, 이수영.

보헤미안과 그의 예술가 친구.

보헤미안과 예술가.

보헤미안……과 예……

보헤미안과 예술가……?

"뭐 그딴 미친 인간들이 다 있어!"

이수영은 꽥 소리를 질렀다.

"별 미친 인간들을 다 보겠네!"

"아이 씨발 재수 없어!"

"진짜 재수 없어!"

"미친놈들!"

"으악!"

이수영은 분한 듯 악을 썼다. 창밖으로 어슴푸레 해가
밝아오고 있었다. 거실 소파 아래 잠들어 있던 그녀의 어
머니가 잠에서 깨어나 두리번거렸다. 방 안, 책상 앞에 앉
아 발광하며 소리치는 딸을 발견한 그녀는 놀란 표정으로
다가와 이수영의 등을 찰싹 때렸다.

"어머 애, 왜 이래? 미쳤니? 술이 덜 깼어? 왜 이래? 닥
쳐! 딸, 아가리를 닥쳐!"

이수영은 거칠게 엄마를 밀어냈다.

"엄마는 몰라! 세상이 얼마나 미쳐 돌아가는지! 엄마는
진짜 몰라! 아빠도 몰라! 아무도 몰라! 모른다고! 아 진짜!"

어머니가 딸을 바라보았다. 딸의 뻘겋게 충혈된 두 눈
에서 눈물이 줄줄 흘러내렸다.

"수영아……"

"아악 난 어떡하라고!"

"아니 진짜 얘가 왜 이래, 수영아……"

"나는 어떡하냐고! 나는! 나는!"

이수영은 계속해서 악을 썼다. 그녀의 어머니는 처음
마주한 딸의 깊은 절망에 망연자실한 채, 엉거주춤 서 있
을 뿐이었다.

두 정원 이야기

1

　나쁜 징조는 전혀 보이지 않았다. 목요일 아침 10시경, 베이지색 리넨 에코백을 어깨에 메고 집을 나선 김은영은 느긋하게 걷기 시작했다. 그녀의 가족이 2년 반 전 이사 온 H아파트는 D구의 랜드마크로서 입주 당시의 쾌적함을 고스란히 유지하고 있었다. 김은영은 산책로를 따라 흐드러지게 피어난 철쭉의 자태를 만족스러운 표정으로 바라보았다. 길이 상가 쪽으로 꺾어지기 직전 모습을 드러내는 놀이터는 H아파트의 자랑이었다. 관련 자재를 모두 스위스에서 수입하여, 까다롭다는 영국과 독일, 캐나다 친환경 건축협회의 인증을 동시에 통과한 어린이 놀이터는 대한민국에서 이곳이 유일하다고 했다.

한때 판자촌으로 가득했던 한강 남쪽의 산비탈 동네는 재개발 10년 만에 서울 중산층 시민을 위한 세련된 거주 구역으로 탈바꿈했다. 그 야심 찬 프로젝트의 정점에 H아파트가 있었다. 혹자는, 구체적으로 말해서 부동산 업자들은 H아파트를 서울 중산층을 위한 천년왕국이라며 격찬했다. 유명 덴마크 건축가에게 건물 설계를 맡기고, 영국의 가드닝 전문가에게 산책로 조경을 맡겼다. 비엔나 풍의 거주민 전용 카페테리아, 노인들을 위해 특별히 마련한 지중해식 유기농 식단의 뷔페, 웬만한 공립도서관을 능가하는 장서 목록을 자랑하는 3층짜리 도서관, 영국산 기구 필라테스 시설과 호텔 피트니스 출신의 퍼스널 트레이너가 상주하는 헬스장까지, 다시금 부동산 업자들에 따르면 이 놀라운 아파트가 들어선 순간 D구는 준강남 지역으로 신분 상승을 하게 되는 것이나 마찬가지였다.

분양 당시의 대단했던 청약 전쟁에서 승리한 것에 대해 김은영은 순전한 운이었다고 겸손하게 회상하곤 했지만 내심 운은 노력으로 완성되는 법이라고 콧대를 치켜세웠다. 거기에는 그럴 만한 이유가 있었다. 그녀는 대출 한 푼 없이 100퍼센트 현금으로 아파트를 구입했다. 피나는 절약과 또 절약의 가시밭길로 점철된 15년의 결혼생활이 화려한 결실을 맺게 된 것이다.

그녀는 이따금 입주 첫날 밤을 되새긴다. 아직 정리가 덜 된 작은방의 새 침대에 딸을 재워놓고, 일부러 오늘을 위해 백화점에서 구입한 프랑스산 와인에 캐비아, 그리고 크래커 한봉지를 먼지만 대충 닦아낸 식탁에 늘어놓은 김은영은 다용도실 선반과 사투를 벌이고 있는 남편을 불렀다.

"저 녀석은 왜 자꾸만 나사가 풀어지는 걸까!"

남편이 땀 냄새를 폴폴 풍기며 자리에 앉았다. 김은영은 종이컵에 와인을 따라 남편에게 내밀었다.

"주방이 아직 정리가 안 되어가지구 컵이 어디에 있는지 모르겠네."

"괜찮아, 어차피 우리 와인 잔도 없지 않나?"

"하긴……" 김은영은 마음속 쇼핑 리스트에 와인 잔을 추가했다.

"와인이 아주 맛이 좋구나! 이건 뭐야, 무려 캐비아잖아!"

"그냥 먹으면 좀 짤 거야. 이 크래커에 얹어서 먹어봐."

김은영이 크래커 봉지를 뜯어 남편에게 내밀었다. 그는 크래커를 한장 꺼내 티스푼으로 캐비아를 왕창 덜어 쌓아 올린 뒤 한입에 쑤셔 넣었다. 김은영이 살짝 아까워하는 눈빛으로 남편을 바라보았고, 그 시선을 느낀 남편이 다시금 호들갑을 떨며 말을 이었다.

"이거 되게 맛있네? 근데 자기 너무 오버한 거 아냐?"

"뭐가?"

"아하, 오늘 기분 내려구 사 온 거구나? 이사 온 기념으루?"

"아니야. 그냥 맛있어 보여서 산 거야." 김은영이 강한 어조로 부정했다.

"진짜?"

김은영은 대답 대신 남편을 바라보았다. 장난기 어린 그의 얼굴은 그러나 피곤으로 가득했다. 뭇사람들이 남자답다 칭송했던 그의 늠름한 이목구비는 꽤 낡아 있었다. 그의 나이 든 얼굴에서 김은영은 지난 15년간의 파란만장한 결혼생활을 정면으로 마주했으며, 결국 폭발하듯 울음을 터뜨렸다.

*

이어진 H아파트에서의 삶은 결혼생활 내내 지속된 김은영의 처절한 노력에 대한 완벽한 보상이 되어주었다.

그 가운데 하나가 봄마다 만개하는 꽃으로 가득한 이 꽃길이다. 목련과 개나리, 흐드러지는 벚꽃, 철쭉과 진달래까지! 봄의 기운을 만끽하며 걷다보면 흐드러진 꽃길 너머 상가 건물이 눈에 들어온다. H아파트가 D구의 랜드마크라면, 상가는 H아파트의 랜드마크였다. 고급스럽고 이국적인 외관의 그 상가는 그에 걸맞게 '더 플레이스'라는 멋진 이름을 갖고 있었다. 지난 2년 반 동안 H아파트의 가격은 모든 이의 예상을 뛰어넘으며 가파르게 상승했는데, 적어도 10퍼센트 정도는 더 플레이스 덕택이라고 김은영은 생각했다.

더 플레이스 지하에 있는 슈퍼마켓의 이름은 '더 마켓 플레이스'로 영국의 하비 니콜스 푸드마켓을 모델로 한 고가의 유기농 슈퍼마켓이었다. H아파트 단지의 주민이나 주민의 추천을 받은 멤버십 회원만 이용 가능했고, 그래서인지 D구에서 가장 잘나가는 유부녀들을 단체로 마주칠 수 있었다. 여전히 지나칠 만큼 절약하는 습관을 고수하는 김은영은 물론 그 슈퍼마켓에서 절대 쇼핑을 하지 않았다. 하지만 매일 아침 그곳을 한바퀴 둘러보는 습관을 포기하지 않았는데, 왜냐하면 아이쇼핑만으로도 하루의 활력이 충전되는 기분이 들었기 때문이다. 호박색으로 은은하게 빛을 밝힌 쾌적한 실내는 싱싱하고 비싼 채소들, 신기한 수입산 소스들, 노예처럼 친절한 직원들과 또 무엇보다도 깜찍하고 화려한 유부녀들로 가득했다. 머리끝에서 발끝까지 명품으로 무장하고, 한 손에는 아이폰을, 귀에는 에어팟을 꽂은 채 뭔가에 홀린 듯이 쇼핑카트를 가득 채우는……

이사 온 다음 날 김은영이 평소처럼 세상 후줄근한 차림새로, 전에 살던 아파트 단지 안에 있던 정감 있는 할인마트를 떠올리며 더 마켓 플레이스로 향하는 에스컬레이터에 발을 내디뎠을 때, 앞에 선 여자의 왼쪽 골반께에서 달랑거리는 샤넬 크로스백이 시야에 포착된 순간 그녀는 뭔가 잘못되었다는 것을 깨달았다. 불길한 예감 속에서 들어선 슈퍼마켓은 충격의 현장이었다. 나직이 흘러나오는 재즈 음악, 백화점 식품관을 비웃는 가격대, 동화 속 하녀들을 떠오르게 하는 직원들의 유니폼과 흡사 연예인처럼 차려입은 쇼핑객들…… 도대체 뭘 기대했던가 그녀는? 두부와 약간의 콩나물? 미나리 5000원어치와 파 한 단? 자신이 H아파트의 일원이 되었다는 사실을 벌써 잊었단 말인가? 김은영은 뒤늦게나마 자신이 갖고 있던 아파트 생활에 대한 게으른 선입견을 인정했고, 마음속으로

H아파트 주민 전체를 향해 정중하게 사과한 뒤 서둘러 집으로 돌아왔다.

첫 만남은 그렇게 대참사에 가까웠지만 김은영에게 새로운 도전 목표를 일깨워주었다는 면에서 긍정적이었다. H아파트의 일원으로서 김은영의 생활, 다시 말해서 라이프스타일은 약간은 수정되어야 할 필요가 있었다. 즉 더이상 지독한 절약 전사의 삶을 고집할 수는 없었다. 아니 그럴 필요가 더이상 없었다. 악독한 스크루지 할머니가 되자고 이렇게 살아온 것이 아니지 않은가? 다행히 그녀에게는 약간의 비상금이 있었다. 솔직히 말해 그녀에게는 약간의 비상금이 여기저기 꽤 있었다. 그녀는 그 가운데 하나를 개봉하기로 마음먹었다. 인터넷 검색을 거듭한 끝에 H아파트 입주민에게 걸맞을 법한 동시에 가성비 좋은 옷과 신발, 가벼운 외출용 가방을 주문했다.

그렇다. 그녀는 더이상 남루한 절약 전사일 수만은 없었다. 미래와 현재 사이에서 경쾌하게 균형을 맞춰가는 현명하고 세련된 H아파트의 유부녀가 되어야 한다. 약 일주일 뒤 주문한 물건들이 도착하여 새로운 스타일이 갖춰지고 나서야 그녀는 비로소 더 마켓 플레이스에 다시 방문했다. 주위 여자들처럼 새침한 표정으로 물건들을 훑어보며 그녀는 끝없이 생각했다. '더럽게 비싸네.' 15분 남짓한 방문을 마친 뒤 그녀는 여전히 새침한 표정을 유지한 채 첫날과 마찬가지로 빈손으로 슈퍼마켓을 빠져 나왔다. 그리고 상가 입구에서 마을버스를 타고 이사 오기 전 장을 보러 다니던 대형 할인마트로 향했다. 그곳에서야 물가는 제정신을 찾은 듯했고 김은영도 마찬가지였다. 커다란 적상추 한봉지 2000원, 홍당무 두개 1500원, 두부 1000원…… 과감하게 장바구니를 채우는 김은영은 혼란으로 가득했던 2008년, 반토막 난 주식시장 한복판으로 걸어 들어가 내동댕이쳐진 주식들을 하나하나 주워 담던 오마하의 현인 워런 버핏을 연상시켰다.

커다란 비닐봉지 두개 가득하게 터질 듯이 물건을 쟁이고도 가격은 4만 8420원, 그녀는 가뿐한 마음으로 배달 주문을 넣고 할인마트를 빠져나왔다.

"정원이 엄마, 오늘 예─쁘게 하고 나왔네? 생일이야?"

할인마트 앞 단골 생선가게 아주머니가 말을 걸어왔다.

"아니에요, 호호호."

김은영은 흐드러지게 웃으며 새침한 걸음걸이로 마을 버스 정류장으로 향했다.

*

　매일 아침 더 마켓 플레이스를 둘러보고는 빈손으로 나와 마을버스를 타고 세 정거장, 대형 할인마트에서 만족스러운 장을 보는 것은 김은영이 애정하는 평일 아침 루틴이 되었다. 둘 중에 하나라도 빠지면 허전했다. 딱히 살 것이 없어 더 마켓 플레이스만 실컷 구경하고 집에 돌아오면 공허했고, 시간이 부족하여 급하게 할인마트에서 물건만 사고 돌아오면 묘하게 불만족스러웠다. 모든 것이 어처구니가 없을 만큼 비싸서 농담처럼 느껴지는, 한편 그 말도 안 되는 가격의 물건들을 고민 없이 쓸어 담는 멋진 유부녀들이 세련된 블랙코미디의 등장인물처럼 여겨지는 더 마켓 플레이스에서의 15분 남짓한 산책은 김은영의 현실감각을 순식간에 붕괴시키는 효과가 있었다. 한마디로 굉장히 자극적이었다. 짧지만 강력한 그 무형의 폭력 세례는 효과 좋은 경락 마사지같이 김은영의 분위기를 H아파트에 걸맞도록 밋밋하면서도 우아하게 변형시켰다. 결과적으로 김은영은 수수하지만 선뜻 함부로 할 수 없는, 정숙하지만 어딘가 수상해 보이는 매력적인 유부녀의 분위기를 조금씩 획득해갔다. 이 효과적이고 파괴적인 영향력은 과연 어디에서 오는 것일까?

단지 슈퍼마켓일 뿐인데! 하지만 그곳에는 그녀의 단골 할인마트에서 절대 느낄 수 없는 신비롭고 사악한 기운이 있었다. 5000원에 한자루 가득, 흙이 잔뜩 묻은 못난이 감자들에서는 아무런 사악함이 느껴지지 않는다. 하지만 달랑 세개에 6900원, 더 마켓 플레이스의 맨들맨들 잘 닦인 유기농 감자한테서는 왠지 모르게 사이코패스 화이트칼라 같은 분위기가 감돌지 않는가? 정확히 구체적으로 그렇게 생각하는 것은 아니었으나 똑똑한 김은영은 두 장소의 차이에 동물적으로 반응했으며, 최적의 처세 방식을 설계해나갔다. 그녀는 절약과 라이프스타일 두가지 모두 놓치지 않을 생각이었다. 단지 무조건 모으기만 하면 되었던 시절에 비하면 좀더 복잡한 고난도의 게임에 참여하게 된 것이 김은영으로서는 흡족했다. 약간 출세한 느낌이랄까?

물론 시행착오가 있었다. 절약 전사로서의 본모습을 눈치챈 화려한 유부녀들이 그녀에 대해 사소하지만 꽤 칙칙한 소문을 퍼뜨리기도 했고, 그녀가 나타나면 못마땅한 표정을 지으며 슬슬 피하기도 했다. 그에 발끈하여 할인마트 장보기를 중단했다가 한달치 생활비를 단 5일 만에 바닥내기도 했다. 딸 윤정원 또한 전학 온 학교에서 한 달 넘게 새로운 친구를 만들지 못했다. 일생일대의 위기였다. 그녀는 괜히 남편을 원망해보기도 했다. 물론 남편은 아무 문제도 없었다. 그는 남자답게 시원시원한 얼굴과 체격, 그리고 그에 걸맞은 품성을 지녔으며 번듯한 대기업 직장을 가졌다. 어쩌면 그것이 그녀를 향한 H아파트 여자들의 은밀한 적대감의 원인이었을까? 요약하자면, 준수한 남편에 비해서 김은영이 너무 떨어진다는 것. 인성 좋은 남자가 적선하듯 가난한 여자를 선택했다는 전형적인 스토리.(물론 실제로는 정반대에 가까웠다. 김은영은 평범한 중산층 가정 출신이었고, 남편이 꽤 빠듯한 집안 출신의 자수성가 타입.)

김은영을 노골적으로 무시하는 유부녀들은 그녀가 남편과 함께 나타나면 남편을 향해서는 과장된 친절함을 보였다. 저 여자들은 천하의 악당들이라고 그녀가 아무리 욕을 해봐야 남편은 납득할 수 없다는 표정으로 고개를 갸웃거릴 뿐이었다.

저 골치 아픈 악당들은 도대체 정체가 뭘까, 분노한 김은영은 인맥을 총동원하여 뒷조사에 나서기도 했다. 그런데 놀랍게도 그 사악하고 화려한 여자들의 대부분이 자신과 비슷하게 대기업에 다니는 남편을 둔, 자신과 비슷한 경제 규모를 지닌 지극히 평범한 집안 출신의 평범한 여성들이라는 사실을 알게 되었다. 하지만 어떻게? 저 말도 안 되는 소비 규모를 감당한단 말인가? 매번 바뀌는 명품 가방과 신발은? 매번 한가득 사들이는 한 팩에 4500원 하는 샐러드 박스는? 시즌마다 바뀌는 아이폰은? 아이들이 다니는 영어유치원은? 주말의 호캉스는? 외제 차는? 무엇보다 그렇게 써대면서 이 비싼 H아파트 단지에는 무슨 돈으로 살게 된 걸까?(구식 짠순이 김은영은 멀쩡한 중산층 핵가족의 월세살이 가능성을 도무지 받아들일 수 없었다.)

그리하여 풀리지 않는 의문을 가지고 그녀는 오늘도 아침부터 더 마켓 플레이스를 헤매고 있는 것이다……

슈퍼마켓의 자동문이 열리고, 서늘한 냉기가 전해져 왔다. 김은영은 얼마 전 홈쇼핑에서 저렴하게 구입한 100퍼센트 캐시미어 카디건의 단추를 여미고 상대적으로 따뜻한 조미료 코너 쪽으로 향했다. 걷는 동안 그녀는 입구 계산대에 물건들을 산더미처럼 쌓아놓고 있는, 새롭게 등장한 또 한명의 화려한 유부녀를 발견했다. 머리 위에 걸쳐놓은 샤넬 선글라스, 샤넬 크로스 보디백에 샤넬 플랫슈즈, 저렇게 올 샤넬로 맞춘 샤넬 미치광이는 오랜만이군! 그녀가 속으로 구시렁대는데 바로 그 계산대 쪽에서 익숙한 목소리가 들려왔다.

"정원 엄마……?"

김은영은 깜짝 놀라서 돌아보았다. 믿을 수 없게도 문제의 그 샤넬 여자가 그녀를 향해 손을 흔드는 것이 아닌가. 그녀는 엄청난 놀라움을 표현하기 위해 꼼짝 않고 멈춰 선 채 샤넬 여자를 노려보았다. 여자가 손에 든 샤넬 지갑을 흔들며 김은영을 향해 다가왔다. 여자가 1미터 앞까지 다가온 뒤에야 비로소 김은영은 외쳤다.

"어머나, 김정원 엄마!"

"어쩜, 여기서 만나네! 우린 정말 운명인가봐!"

여자가 히스테리컬하게 웃으며 김은영을 껴안더니 계속해서 웃어댔다.

"이게 뭐야, 설마…… 나쁜 징조는 없었는데……"

김은영이 망연자실한 표정으로 중얼거렸다.

"응?"

여자가 김은영을 품에서 놓으며 호기심 가득한 얼굴로 물었다.

비슷한 분위기의 여자들 앞에 똑같은 청포도주스 네 잔이 놓였다. 나머지가 애매한 미소를 지으며 싱그러운 연둣빛 잔을 내려다보는 사이 남색 스웨터를 입은 단발머리 여자가 과감하게 잔을 들어 빨대를 쪼옥 빨았다.

"시원하다!"

여자가 잔을 내려놓았고 나머지 여자들이 고개를 끄덕이며, 하지만 석연찮은 미소로 잔을 내려다보았다. 김은영도 그 애매한 태도의 여자들 가운데 하나였다. 그녀는 언제 저 잔을 집으면 적절할지, 누구도 눈치채지 못하게 은밀하면서도 자연스럽게 잔을 들어 상큼한 청포도주스로 목이 적셔질 순간이 언제쯤이나 가능할지 복잡한 계산으로 머리를 가득 채운 채 물끄러미 주스 잔을 바라보았다.

모두 망설이는 사이에 머쓱해진 남색 스웨터 여자가 다시금 잔을 손에 쥐며 물었다.

"어제저녁 뉴스 보셨나요?"

"어떤 뉴스요?"

"한국은행이 금리를 0.5퍼센트 인하했다고 하던데요?"

"그래요?" 김은영이 물었다.

"맞아요, 저도 봤어요!" 웨이브 머리 여자가 맞장구치며 조심스럽게 주스 잔에 손을 살짝 갖다 대었다가 뗐다.

"부동산 가격이 더욱 폭등하겠군요."

검은 뿔테 안경을 낀 또다른 짧은 단발머리 여자가 복잡한 표정을 지으며 단언했다. 그 표정은 무거운 듯 가벼웠고, 가벼운 듯 또 무거웠다. 그녀는 뭔가 깊이 생각하는 듯한 제스처를 취하며 대단히 자연스럽게 주스 잔을 향해 손을 뻗었고, 그것을 가볍게 손에 쥐었고, 자신의 얼굴 쪽으로 가져가 더더욱 자연스럽게 빨대를 입에 물고 쭉 빨아 주스를 한모금 마신 다음, 놀라울 만큼 아무렇지 않게 잔을 제자리에 가져다놓았다. 그 전체 과정에 걸린 시간은 3초 남짓? 김은영은 감탄했다. '역시, 중현 정현 쌍둥이 어머니는 고수이셔.'

그렇게 생각하자 문득 모든 긴장이 완화되는 느낌을 받았고, 이어서 너무나도 자연스러운 태도로 주스를 마시고 있는 자신을 발견했다. 주위를 돌아보니 나머지도 긴장을 풀고서 주스를 마시는 중이었다. 그들은 싱그러운 주스의 맛을 음미하며 부동산 가격이 더욱 폭등하는 근미래에 대한 저마다의 이미지를 그려보는 중이었다.

더 오른단 말이지, 여기서? 거품인가? 아니야 당연해, 옳아, 더 올라야지, 당연해. 그렇다. H아파트의 부동산 가격이 여기에서 더욱 처오르는 것은 너무나도 정당한 일이다. 해가 동쪽에서 떠서 서쪽으로 지듯이 부동산 가격은 오를 수밖에 없다. 오르는 것이다. 그것이 진리다. 한국은 일본과 다르다. 버블 붕괴는 불가능하다. 서울의 부동산은 꺼지지 않는 불씨와도 같은…… 영원히 타오르는 올림픽의 횃불처럼…… 우리 마음속 영원한……

"그렇다면 주식시장은요? 주식도 더 오를까요?"

웨이브 머리 여자가 당돌하게 물었다.

"글쎄요." 중현 정현 쌍둥이 어머니의 표정이 신중해졌다.

"맞아요, 저도 궁금해요. 주식이 앞으로 오를까요? 오른다면 얼마나?" 남색 스웨터 여자가 물었다.

"글쎄요." 쌍둥이 어머니가 고개를 저으며 대답했다. "하지만 저는 이미 다 뺐어요."

"어머, 쌍둥이 어머니, 주식도 하세요?" 김은영이 물었다.

"아니, 얼마 안 돼요. 아무튼 이제는 다 뺐네요. 저는 이제 한국 주식은 안 하려고요."

"그럼 다른 나라 주식에 관심이 있으신가요? 혹시, 중국?" 김은영이 다시 물었다.

"하하…… 글쎄…… 차분히 생각을 좀 해보려고요."

쌍둥이 어머니가 애매한 미소를 지으며 주스 잔을 들었다. 그러자 나머지 세 여자도 따라서 차례로 잔을 들었다.

매주 목요일 오후 2시, 더 플레이스 2층에 자리 잡은 '7월의 보리밭 카페'에서 김은영을 포함한 네명의 주부가 짧은 주스 타임을 통해 친목을 나누는 그 모임의 이름은 청포도 모임이었다. 언제나 넷이 똑같이 청포도주스를 시키기 때문인데, 왜냐하면 7월의 보리밭 카페의 음료수 가운데 그 주스가 가장 맛이 있기 때문이었다.

H아파트에는 여러 종류의 기혼녀가 있었다. 전투적인 워킹맘, 치밀한 전문직 주부, 노메이크업의 학생 주부, 그리고 문제의 화려한 유부녀들, 물론 자녀 교육에 완전히 올인한 주부들도 있었으며 강아지를 사랑하는 딩크 유부녀, 고양이 마니아 유부녀, 불행한 결혼으로 인해 정신병에 걸린 기혼녀, 또 술독에 빠진 주부들과 불륜에 빠진 주부들, 이혼 직전인 위기의 유부녀들도 한가득이었다. 물론 김은영처럼 스마트한 절약형 주부로서 약간의 라이프

스타일 업그레이드, 교양과 여유를 노리는 주부들도 당연히 있었고, 시행착오 끝에 김은영은 그 가운데 친교를 나눌 만한 세명의 여자들을 골라내는 데 성공했다.

김은영을 포함해 네 사람은 다행히도 다툼 없이 친해져서 반년 전부터는 청포도 모임을 조직하기에 이르렀다. 넷 모두에게 이런 식의 친교 모임은 처음이었다. 다들 김은영처럼 미친 절약형 인생을 살아온 탓에 모든 종류의 돈이 드는 활동과 오랜 기간 완벽하게 단절되어 있었기 때문이다. 돈이 드는 활동이란 물론 모든 종류의 사교활동을 뜻한다. 사람을 만나면 돈이 드는 것은 진리. 단돈 5000원이라도 허투루 쓸 수 없는 짠순이들은 사람들을 멀리하는 데 지극히 익숙하다. 어차피 인간이란 게 거기서 거기가 아닌가. 자꾸 만난다고 해서 뭐가 그리 재미있고 또 득이 된단 말인가. 한푼이라도 더 모으고 또 모아야 한다는 것이 그들의 흔들리지 않는 신념이었다. 하지만 이제는? 약간은 달라져도 되지 않을까……?

H아파트의 삶은 지독한 절약쟁이들의 신념을 살짝 흔들어놓았다. 번듯한 H아파트의 일원으로서 이제 약간은 사치스러운 삶의 여유를 가져도 되는 것이 아닐까? 하여 네 사람은 의기투합했고, 한 주에 한번, 한잔에 무려

5500원짜리 청포도 생과일주스를 마시며 서투르게나마 서로의 생각과 마음을 나누기로 했다. 그들은 그런 서로에 대해, 그리고 스스로에 대해 현명하고 지혜로우며 열린 감성을 가진 균형 잡힌 주부들이라고 생각하기로 했다. 그들은 교양을 다지기 위해서 한달에 한번은 아파트 단지 내 도서관의 스터디룸을 빌려 독서 토론회를 열었다. 전시회나 음악회를 방문하기로 계획도 세워보는 중이었다. 하지만 그들은 청포도주스를 마시며 돈이라든지 자식 얘기, 아파트 단지를 떠도는 루머를 나누는 것에 대체로 만족했다.

"맞아맞아, 정원 어머니, 얼마 전에 예은이한테 재미있는 이야기를 들었는데 말이에요." 남색 스웨터의 예은이 어머니가 김은영을 향해 말했다.

"뭔데요?" 김은영이 물었다.

"우리 예은이가 정원이를 좀 소개해달라는 거예요, 친해지고 싶다고. 그래서 내가 왜냐고, 왜 굳이 정원이랑 친해지고 싶냐고 물었더니 얼마 전 학원 가는 길에 마주쳤는데 복슬복슬 새하얀 후드티를 입고 있더라는 거야, 정원이가. 근데 그게 너무 귀엽더라는 거지. 너무 귀여워서 동생 삼고 싶다면서 하는 말이…… 하하하…… 정원이가 청담동 고양이같이 생겼대."

말을 끝낸 예은이 어머니가 하하하 좀더 웃었다.

"청담동 고양이? 정원이가 청담동 고양이처럼 생겼다구요? 그게 어떻게 생긴 건데요?"김은영이 진지한 얼굴로 물었다.

"그러게, 청담동 고양이가 어떻게 생겼다는 거지? 고양이면 고양이지 굳이 청담동 고양이라고 칭했다는 것은…… 그것은 일반적인 고양이와 얼마나 어떻게 다르게 생긴 고양이라는 걸까요?"웨이브 머리 여자가 물었다.

"왜 그 애 있잖아요. 누구지? 맞아맞아, 블랙핑크의 제니처럼 생겼다는 거예요!"예은이 어머니가 말했다.

"블랙핑크의 제니요? 그게 누구죠?"대중문화의 절대적 문외한인 김은영이 더욱 궁금해진 표정으로 물었다.

"아하아하."쌍둥이 어머니가 말했다. "그렇네요. 맞네요. 정원이가 누구를 닮은 것 같았는데, 그게 누군지 도무지 생각이 안 났는데 블랙핑크의 제니를 닮은 거였구나! 근데 그거랑 청담동 고양이가 무슨 상관인 걸까요?"

"페르시안 고양이처럼 생겼다는 걸까요?"웨이브 머리 여자가 새로운 이론을 제시했다.

"어머나, 정호 어머니 그건 좀 비유가……"예은이 어머니가 웨이브 머리 정호 어머니를 향해 속삭이듯 말했다.

"하하하! 그럴 법하네. 정원이가…… 아니 블핑 제니가 페르시안 고양이를 닮았네요! 하하하!" 쌍둥이 어머니가 아주 크게 웃었다.

김은영은 커다란 혼란에 휩싸였다. 설마 우리 정원이가 괴팍한 털북숭이 고양이같이 생겼단 말인가? 어째서?

"페르시안 고양이라고요? 우리 정원이가? 아니 제니라는 애가? 뭐예요, 연예인 닮았다는 얘기 아니었나요? 왜 생뚱맞게 페르시안 고양이예요?"

"아니아니, 정원 어머니, 아니에요, 정말로 아니에요, 그런 뜻이!" 예은이 어머니가 난처한 표정으로 말했다. "그렇죠? 정호 어머니, 그런 뜻이 아니죠?"

"어, 아니 저는 그저…… 청담동 고양이 하면 떠오르는 이미지를 따라가다보니까……" 정호 어머니도 난처한 듯이 우물거렸다.

"정호 어머니, 몰랐는데 상상력이 뛰어나시네요." 쌍둥이 어머니가 정호 어머니를 그윽한 눈길로 바라보더니 다시금 웃음을 터뜨렸다. 하지만 이내 김은영이 살기 어린 눈으로 자신을 노려보기 시작한 것을 발견한 그녀는 작위적으로 한 손을 들어 입을 가렸다.

"정원 어머니 오해 마세요. 정원이 예쁜 거 누가 모르나요? 정원이가 너무나도 예쁘고 귀엽다보니까 우리 예은이마저 동생 삼고 싶어한다는 게 제가 하려던 말의 요지였죠."

예은이 어머니가 빠르게 말하며 동의를 구하듯 사람들을 훑어보았다.

"맞아요, 정원이가 예쁘잖아요. 남자애들한테도 인기가 얼마나 많은지 몰라요!" 정호 어머니도 동의했다.

"게다가 이번에도 반에서 3등을 했다면서요?" 쌍둥이 어머니가 말했다.

김은영이 수줍게 고개를 끄덕였다. "그렇다네요……"

"어머 예쁜 정원이는 어쩜 또 그렇게 똑똑하기도 하죠!" 예은이 어머니가 부러운 표정으로 말했다.

"하지만 1등은 한번도 못 해봤는걸요……" 김은영이 겸손한 표정으로 대답했다.

"역시 정원이 어머니는 야망이 대단해. 3등으로는 만족 못 한다는 거지." 쌍둥이 어머니가 날카롭게 지적했다.

"어머, 아니에요. 3등이 부족하다는 뜻이 아니고요……" 김은영이 크게 양손을 휘저었다.

잠시 침묵이 이어진 뒤 정호 어머니가 입을 열었다.

"정원이 얘기가 나와서 말인데요……"

"왜요, 정원이가 또 무슨 일이 있나요?" 김은영이 다시금 심각해진 얼굴로 물었다.

"그게 아니고요. 어제 학교에 새로운 전학생이 왔는데 걔도 이름이 정원이라고 해서요. 물론 성이 달라요. 김정원. 남자앤데 훤칠한 게 멋있다고 우리 정호가 그러더라구요."

이야기를 듣는 김은영의 안색이 빠르게 나빠졌다.

"혹시 정원이 어머니께서 아시는 아이인가요?" 쌍둥이 어머니가 물었다.

"아아 그것이……"

*

김은영과 윤은영, 둘은 정말이지 운명이라고 해야 하나 싶을 만큼 우연의 일치로 점철된 사이였다. 동갑에 같은 별자리에서 태어났고, 같은 대학교를 나와 같은 나이에 결혼하여 같은 해 같은 달에 각각 윤정원이라는 여자아이와 김정원이라는 남자아이를 낳았으며, 3년 전까지 D구 변두리에 있는 같은 아파트 단지에 살았다. 물론 대학을 졸업할 때까지도 둘은 서로를 알지 못했다. 그 좁은 캠퍼스에서 신기하게 한번도 마주치지 않았다는 사실을 윤은영은 언제나 신비롭게 바라보았으며, 반대로 김은영은 자기 인생에 있어 최후의 평화로운 시기로 기억하며 그리워했다.

결혼하고 첫 4년, 김은영과 남편은 D구 변두리의 낙후한 연립주택에서 전세살이를 하며 악착같이 돈을 모았다. 그렇게 모인 돈에 대출금을 합쳐서 길 건너에 있는 낡은 브랜드 아파트 단지에 24평 집을 샀다. 기뻐할 여유도 없이 김은영은 전보다 더 악착같이 돈을 모으기 시작했다. 다행히 아파트값 또한 꾸준히 올랐다. D구의 중심가 재건축 계획이 통과된 덕에 그 지역의 집값이 들썩이기 시작한 것이다. 김은영은 틈틈이 재건축에 관련된 뉴스를 수집하며 더욱 허리띠를 졸라맸다. 뉴스를 통해 접한 H아파트의 조감도는 환상적이었다. 저 꿈같은 아파트에 살게 된다면, 그녀는 여러번 여러 각도에서 상상했고 마침내 그것이 현실이 되었을 때, 조감도에서만 보던 멋진 아파트의 진짜 소유주가 되었을 때 그녀는 진정 세계를 양손에 쥔 듯했다.

하지만 그녀의 성공에는 골치 아픈, 아주 성가시고 짜

증나는 서브스토리가 있었는데 그것은 그녀 앞에 홀연히 나타나 번번이 그녀의 노력을 비웃는 듯 보이던 윤은영이라는 여성이었다.

김은영이 변두리의 낡은 브랜드 아파트로 이사 오고 2년 뒤, 같은 동 같은 층으로 문제의 여성 윤은영네 가족이 이사해 왔다. 처음 윤은영을 마주쳤을 때 김은영이 받은 인상은 아주 단순했다. 왜 저런 부잣집 여자가 이런 서민 아파트에 살까? 그에 대한 답 또한 단순했다. 윤은영은 부잣집 여자가 아니었다. 그녀는 김은영처럼 평범한 집안 출신으로, 김은영과 비슷하게 대기업 직장에 다니는 남편을 두고 있었다. 하지만 비슷한 조건에도 불구하고 김은영과 윤은영의 삶은 놀라울 만큼 달랐다. 앞서 보았듯이 김은영이 절약의 화신이라면, 윤은영은 소비의 화신이었다. 그 다름의 비결 역시 단순했다. 김은영은 수중에 들어온 돈이라면 빠짐없이 모으는 반면, 윤은영은 모조리 써버렸기 때문이다. 김은영이 틈틈이 알바까지 해가며 남편 월급의 80퍼센트를 모으는 동안, 윤은영은 매달 남편의 월급날 직전까지 한푼도 남김없이 써버렸다. 게다가 윤은영은 김은영과 달리 전세살이를 하고 있었다.(재건축을 기다리는 낙후한 아파트여서 전세가 저렴했다.)

대기업 월급이라는 중단되지 않는 현금 흐름은 윤은영의 가족에게 넉넉한 식탁과 언제나 새로운 엄마의 스타일, 끊이지 않는 떠들썩한 모임과 여행의 추억을 선사했다. 그리고 그런 윤은영을 바라보는 김은영의 시선은 마르크스주의자가 현실경제를 바라보듯 싸늘했다. 이 시스템에서 가능한 미래는 파멸뿐이다! 하지만 그것이 날카로운 예측인지 맹목적 소망인지는 갈수록 불분명해졌는데, 왜냐하면 그 파멸이라는 것이 도무지 찾아올 기미를 보이지 않았기 때문이다. 윤은영 가족을 둘러싼 넉넉한 식탁과 엄마의 새로운 스타일, 떠들썩한 모임과 추억으로 가득한 여행은 중단되지 않았다. 심지어 가족 간의 우애도 갈수록 더욱 돈독해지는 듯했다. 적어도 김은영이 그 아파트 단지를 떠날 때까지 그래 보였다. 이사 전날 단지 입구에서 마주친 윤은영은 여전했다. 아름답고 신선하며 부유해 보였다. 반대로 김은영은 어느 때보다 피곤하고 허름하고 낡은 인상이었다.

'하지만 내일이면 나는 H아파트로 떠나지!' 김은영은 어느 때보다 당당했다. '반짝반짝 빛나는 너는 이 후진 아파트를 영원히 벗어나지 못하겠지! 똑똑히 기억하라, 윤은영! 이렇게 보란 듯이 탈출에 성공한 나를 너는 죽도록

부러워하게 될 것이다!'

"이사 가는구나. 정말 부러워!" 윤은영이 신상 아이폰
을 만지작거리며 말했다.

김은영은 대답 대신 모호한 미소를 지은 채 윤은영을
바라보았다.

"아쉽다. 우리 정원이가 정원이를 참 좋아했는데……"
윤은영이 슬픈 표정을 지었다.

"애들이야 뭐…… 쉽게 잊고 또 쉽게 새로운 친구를 사
귀는 법이니까……" 김은영이 시니컬하게 말했다.

"그건 그래. 그래도 정원이는 나도 많이 좋아했는데.
정말 그리울 거야, 정원 엄마!" 외치며 김은영을 와락 껴
안는 윤은영에게서는 정말이지 짜증나도록 좋은 향기가
났다.

2

검은 비닐봉지를 들고 부엌으로 들어서는 김은영의 어
깨는 축 처져 있었다. 얼굴은 음울한 분위기로 가득했다.
'도대체 왜 나에게 이런 시련이 닥친 걸까?' 그녀는 생각

하며 비닐봉지에서 주섬주섬 감자를 꺼내 씻기 시작했다.

'왜 나에게?'

'왜? 왜?'

그녀는 거친 손길로 감자 껍질을 벗겼다. '우린 정말 운명인가봐!' 그날 슈퍼마켓에서 마주친 빌어먹을 윤은영의 목소리가 다시금 귓가를 맴돌았다. '그게 벌써 다섯달 전이라니!' 마치 방금 전의 일처럼 윤은영을 마주쳤던 기억이 생생했다. 그녀에게서 풍기던 짜증나도록 좋은 향기가 다시금 코끝을 맴도는 듯했다. 마침내 더는 참지 못하고 김은영은 깎다 만 감자를 싱크대 안으로 던지며 소리쳤다.

"윤은영! 찰거머리 같은 년!"

*

한시간 뒤 김은영은 엉뚱하게도 강남의 한 백화점에 있었다. 침울한 표정의 그녀는 사람들 속에 섞여 죽 늘어선 명품 매장의 쇼윈도를 기웃거리는 중이었다.

그녀의 손에 들린 휴대전화가 주기적으로 진동하며 카톡 메시지 알림을 보내왔다. 보나 마나 청포도 모임 사람들이 보내는 메시지였다.

'안 가, 안 간다구!'

그녀는 휴대전화를 에코백 속에 쑤셔넣고, 마침 눈에 들어온 명품 매장으로 들어갔다. 입구 근처에 있던 직원이 그녀의 행색을 훑은 뒤 고개만 아주 살짝 까딱하며 인사하는 시늉을 했다.

'흥, 내가 거지 같다 이거냐?'

김은영은 한층 사나워진 표정으로 매장을 둘러보기 시작했다. 한참을 이것저것 살피던 그녀는 나란히 늘어선 남성용 지갑들 앞에 멈춰 섰다. 가장 평범하게 생긴 검정색 반지갑을 가리키며 가격을 물었다. 직원이 장갑 낀 손으로 지갑을 꺼내 내밀며 말했다. "이번 시즌 신상품으로서 램스킨⋯⋯"

"그거 하나 주세요."

김은영이 건조하게 말했다.

"선물하실 건가요?" 직원의 목소리가 살짝 높아졌다.

"네."

"그러시군요. 가격은 65만원입니다. 결제는 어떻게 도와드릴까요?"

가격을 들은 김은영은 내심 엄청난 충격을 받았지만,

충격이 너무 커서 오히려 아무렇지도 않은 듯 카드를 내밀며 말했다.

"일시불요."

"혹시 저희 매장에서 이전에 구매하신 적이 있으신가요?"

김은영은 고개를 흔들었다.

김은영의 카드를 받아 든 직원이 매장을 가로지르다가 갑자기 멈춰 서서 물었다. "혹시 마실 것 한잔 드릴까요?"

"마실 것요?" 예상 밖의 질문에 김은영은 혼란스러워졌다.

"네, 차 한잔 드릴까요?"

"아…… 차는 됐고, 물 있어요?"

직원이 매장 구석에 있는 작은 문 안으로 뛰어들듯 사라졌다가 나타났다. 손에 초록색 작은 유리병이 들려 있었다.

김은영은 레몬향 탄산수를 마시며 직원이 예사롭지 않은 손길로 리본을 묶는 것을 지켜보았다. 그는 리본으로 묶은 상자를 쇼핑백에 넣은 뒤 쇼핑백의 끈 또한 공들여 묶어 김은영에게 내밀었다.

"감사합니다. 또 뵙겠습니다."

가게를 빠져나가는 그녀를 향해 직원은 90도 각도로 허리를 굽혀 인사하며 말했다. 그를 향해 고개를 꾸벅하고 에스컬레이터를 향해 걸어가는 김은영의 뒷모습은 왠지 슬퍼 보였다.

스트레스성 충동구매와 그에 따른 깊은 공허감⋯⋯만큼 김은영에게 낯선 감정이 있을까? 에스컬레이터에 올라선 그녀는 그 낯선 감정을 가만히 음미해보려고 했지만 영 혼란스러웠다. 그녀는 손에 들린 쇼핑백을 바라보며 작게 중얼거렸다.

"난 돌은 거야."

무엇이 절약의 화신 김은영을 돌아버린 충동구매자로 만들었을까? 답은 물론 윤은영이었다. 지난 5개월간 그녀는 예상을 뛰어넘는 속도로 김은영의 인생 깊숙이 비집고 들어와 김은영의 일상을 완전히 망가뜨렸다.

일단, 윤은영은 더 마켓 플레이스를 누비는 화려한 유부녀 집단의 공식 멤버가 되었다. 물론 그 정도야 과거의 윤은영을 돌아봤을 때 쉽게 예상 가능한 일이었다. 솔직히 김은영은 그 문제에 마음의 준비가 되어 있었다. 그녀가 김은영의 소중한 슈퍼마켓 루틴을 파괴하리라는 것은, 그런 정도의 사태는 쓰디쓴 심정으로 받아들일 수 있었다.

하지만 놀라운 것은 윤은영이 심지어 균형 잡힌 청포도 모임의 여인들까지 사로잡는 지경에 이르렀다는 것이다.

겨우 5개월 만에 윤은영은 화려하며, 동시에 존경받는 H아파트의 주부가 되어 있었다. 발단은 윤은영이 주말마다 유기견 보호소에서 자원봉사를 한다는 소문이 돌면서부터였다. 그 소문은 순식간에 학교 친구들을 자기편으로 만든 타고난 리더 김정원, 즉 윤은영의 하나뿐인 아들이 국어 시간에 쓴 수필이 크게 칭찬을 받은 것을 계기로 퍼져나갔다. 주제는 '어머니'였는데, 효자 김정원의 진실하고 따뜻한 필치는 여자 타노스라는 별명으로 불릴 만큼 무섭고 메마른 국어 선생님을 감동시켰다.

그 수필에 따르면 윤은영은 언뜻 허영심 많고 생각 없는 아줌마처럼 보이지만 사실은 버림받은 강아지들을 돌보며 남몰래 눈물짓는 가슴 따뜻한 여자였다. 그 수필사건에서 시작된 일련의 사태는 윤은영을 속속들이 알아왔다고 생각한 김은영의 허를 찌르기에 충분했다. 안 본 사이 윤은영은 가장 세련된 2020년대의 인간이 되어 있었다. 즉 에코주의는 그녀의 핵심가치였다. 언제 어디서나 지구의 미래에 대해서 한 수 읊을 준비가 되어 있었다는 말이다. 전기자동차가 얼마나 친환경적인지, 빌 게이츠가 얼마나 인류를 사랑하는지, 그레타 툰베리가 얼마나 영웅적인 인간인지 그녀는 최면에 걸린 사람처럼 떠들고 다녔으며, 그런 사회적 관점의 정당성은 명품 신발과 에코백을, 파타고니아의 합성섬유 점퍼와 메이드 인 이탈리아의 실크 블라우스를 감각 있게 매치하는 것을 통해 입증되었다.

하지만 솔직히, 윤은영이 커다란 별이 새겨진 스타벅스 리저브의 값비싼 텀블러를 손에 든 채로 잿빛 전기 표범을 닮은 테슬라 전기차에서 내리는 순간 게임은 끝난 것이나 다름없었다.

과연 대단한 스펙터클이었다. 텀블러를 손에 쥔 테슬라 여사 윤은영은 H아파트의 쟁쟁한 유부녀들 가운데서도 최고로 등극했다. 설상가상으로 효자 아들 김정원은 '에코러브'라는 정체불명의 방과 후 활동 모임을 조직하여 어머니의 사상적 실천을 도왔다. 에코러브는 한달에 한번 학교에서 친환경적 라이프스타일을 홍보하는 재활용 플리마켓을 열기 시작했는데, 급기야 김은영의 딸 윤정원도 그 미친 행각에 관심을 갖기 시작한 것이다!

세련된 동시에 자연 친화적이고, 인류의 미래를 걱정하는 동시에 인생을 즐기는 윤은영의 라이프스타일은 H아파트 단지의 경쟁심 넘치는 기혼녀들을 들끓게 만들었다.

물론 윤은영을 둘러싼 일련의 소란이 김은영의 눈에는 가소롭게 보일 뿐이었다. 그렇게 돈을 마구 써대면서 환경을 사랑한다니! 지구를 위한다면 절약이 제일 아닌가? 에코백과 텀블러를 수십개씩 사들이면서 친환경이라니 무슨 정신 나간 헛소리! 하지만 현명한 청포도 모임 사람들까지 윤은영의 위선과 가식 행각에 흔들리는 것을 목격한 김은영은 덜컥 겁이 났다. 그들은 윤은영의 메시지에 따라 텀블러를 구입하고, 플라스틱 반찬통을 버리고 유리 반찬통을 사들였으며, 소고기 대신에 콩고기를 먹기로 결심했고, 자식들을 통해서 에코러브에 물품을 보내기 시작한 것이다.

"지가 무슨 강남 좌파인 줄 아나봐? 참 나, 개뿔도 없으면서 무슨!"

어느 날 저녁 식사 도중, 김은영은 꿍한 표정으로 소리쳤다. 함께 밥을 먹던 딸 윤정원은 깜짝 놀라 가뜩이나 큰 눈을 더욱 커다랗게 뜨며 엄마와 아빠를 번갈아 바라보았다.

"왜 그렇게 화가 났어, 여보?"

"윤은영 말이야. 죄다 거짓말이라구! 사기꾼이야!"

"사기꾼?"

"완전 사기꾼이라니까!"

남편은 도무지 영문을 모르겠다는 표정으로 김은영을 바라보았다.

"얼굴에 딱 쓰여 있잖아. 윤은영, 나는 100퍼센트 거짓부렁쟁이입니다,라고!"

남편은 여전히 말없이 김은영을 바라보기만 했다.

"왜 그렇게 봐?"

"아니…… 그 여자가 하는 말이 다 거짓말인지 당신이 어떻게 그렇게 확신을 할 수가 있나 싶어서……"

"척 보면 알지. 알고 지낸 지 10년이야."

"하지만 안 본 시간도 꽤 길잖아. 달라졌을 수도 있지."

"웃기네, 달라져? 개뿔."

남편은 약간 질린 듯한 표정으로 아내를 바라보았다.

"달라진 게 하나도 없어! 전혀! 걘 원래 사기꾼이었고 앞으로도 사기꾼이야! 영원한 사기꾼이라고!"

"정원 엄마……"

"사람은 변하지 않아! 절대! 네버!"

하지만 김은영의 단언과 달리 윤은영이 거짓말쟁이에 사기꾼이라는 참된 진실은 아파트 거주민들 사이에서 전혀 받아들여지지 않았고, 반대로 그녀의 명성만이 더욱 높아져갔다. 과장하자면 윤은영은 이제 H아파트 그 자체였다. 그렇다면 김은영은? 그녀는 점점 음침해졌고, 혼자가 되어갔다. 그녀는 아파트 단지 산책을, 더 마켓 플레이스 루틴을, 나아가 청포도 모임까지 멀리하기 시작했다.

그녀는 고립되었다. 왜냐하면 오직 그녀만이 윤은영의 참된 진실을 알고 있었기 때문이다.

그녀가 아는 윤은영의 참된 진실이란 이렇다. 윤은영은 오직 돈을 쓰는 데만 관심이 있으며, 스스로의 엄청난 허영심과 과시욕을 만족시키기 위해, 즉 자신의 얄팍한 욕망을 채우기 위해 멋있고 그럴듯하게 보이는 것에밖에 관심이 없으며, 그 목표를 실현할 수 있다면 무슨 짓이든 할 수 있는 사람이라는 것. 이미 그것을 위해서 죄 없는 순진한 아들까지 부추겨 이용하고 있지 않은가? 따라서 그녀는 사기꾼, 그것도 질 나쁜, 거의 범죄자, 몹시 위험한 사기꾼 범죄자 악당에 불과하다는 것을 김은영은 훤히 꿰뚫고 있었다.

그런 더러운 사기꾼이 아니라면 개뿔도 없는 윤은영이 어떻게 H아파트에 들어올 수 있었겠는가? 분명히 무슨 더러운 수를 써서 여기저기서 돈을 뜯어낸 것이다. 확실하다. 그 이상한 여자는 분명히 온갖 무서운 짓을 저지르고 다니는 게 분명하다. 이것이 윤은영의 진실이다. 그런데 그 진실을 아는 것은 오직 나, 김은영뿐이다. 대체 언제쯤이나 그 진실이 드러날 것인가? 아니 그런 날이 오기는 할까? 유일하게 깨어 있는 자 김은영은 과연 언제까지 고독한 어둠 속에 갇혀 있어야 하는 것일까?

*

집에 돌아온 김은영은 쇼핑백을 남편 서재의 책상 위에 올려놓고 거실로 나와 주위를 돌아보았다. 여전히, 역시, 든든하고 아름다운 나의 집이라고 그녀는 생각했다. 완벽하다, 망할 놈의 윤은영만 내 인생에서 사라져준다면……

한동안 집 안 여기저기를 배회하던 그녀의 발걸음이 멈춘 곳은 창가였다. 작은 튤립 화분이 놓여 있었다. 어제 딸 정원이가 학원 앞 꽃집에서 보고 예뻐서 사 왔다는 화분이었다. 꼭 다물고 있던 다홍빛 몽우리가 반쯤 벌어져 있었다.

"예쁘네……"

그녀는 휴대전화로 튤립 사진을 몇 장 찍었다. 그리고 그

가운데 가장 예쁘다고 생각되는 사진을 두장 골라 딸 정원이에게 카톡으로 보낸 다음 소파에 앉아 생각에 잠겼다.

과연 언제쯤 윤은영의 진실은 폭로될 것인가……?

도대체 언제? 튤립이 질 때쯤?

과연……?

하지만 꽃은 지고, 다시 피어나고, 또 지고……

피고 지고……

피고 지고 또 피고……

인간사도 그렇게 피었다가 지었다가 또 피었다가……

결국 모든 것이 부질없는……

우리네 인생사……

김은영이 사이비 종교적인 무드 속으로 깊이 빠져들 때쯤 튤립을 비추는 햇살이 한층 더 밝고 따스해졌고, 바로 그 순간 딸에게서 답장이 도착했다. 김은영은 자신을 두껍게 감싸안은 부정적인 에너지가 순식간에 허물어지는 느낌을 받았다. 그녀는 해쭉 웃으며 딸이 보낸 메시지에 답장했다. 그리고 무언가 결심한 듯 에코백을 챙겨 집을 나섰다.

*

그녀가 도착한 곳은 더 플레이스 1층에 있는 스타벅스였다. 언제나 사람들로 붐비는 이곳에 김은영은 오늘 최초로 방문했다. 가장 저렴한 메뉴인 '오늘의 커피'를 주문한 뒤 전망 좋은 곳에 자리를 잡았다. 평일 늦은 오후임에도 매장은 손님들로 북적였다. 그녀는 조심스럽게, 주위 사람들을 하나하나 살펴보았다. 컴퓨터 화면에 푹 빠져 있는 남자, 휴대전화를 손에서 놓지 못하는 여자, 대화에 신이 난 여자들, 수상한 회의 중인 남자들, 헛소리를 늘어놓는 상사와 그의 공손한 직원들, 그들 너머 대단히 어색해 보이는 남녀 한쌍의 만남…… 각양각색의 사람들이 은은한 조명 아래에서 그럴듯하게 빛나고 있었다.

김은영은 그렇다면 나 또한 남들 눈에 그럴듯하게 빛나고 있을지 고민하는 대신 가방에서 책을 꺼냈다. 벤저민 그레이엄의 『현명한 투자자』라는 책이었다. 청포도 모임에서 다음 달 독서 토론 모임을 위해 선정한 책이다. 청포도 모임에 다시 나가게 될지는 모르겠지만 이 책을 읽는 것은 나쁘지 않아 보였다. 그녀는 책의 첫 장을 펼쳐놓고 커피를 한모금 마셨다. 딸에게서 다시 카톡 메시지가 도착했다.

　—방금 국어 수업 끝남! 쉬는 시간! 엄마는 뭐 하고 계
세요?

　—응, 상가에 있는 스타벅스에 와 있어.

　—스타벅스? 엄마가? 누구랑?

　—혼자

　—진짜? 정말?

　— 한번 구경 와봤어 그러면 안 돼?

　—아니아니 울 엄마 당연히 그래도 되지 ㅋㅋ 뭐 마
셔? 맛난 거 있음?

　—몰라 제일 싼 거 시켰어 ㅎㅎ

　—ㅋㅋ 역시

이어서 정원이가 셀카 사진을 보내왔다. 귀여운 돌고래
인형을 들고 환하게 웃고 있었다.

　—예쁜 인형이네? 산 거야?

　—아니ㅋㅋ 점심 먹고 오니까 내 책상에 올려져 있었
어 ㅋㅋㅋㅋ

윤정원은 한달에도 몇개씩 온갖 종류의 귀여운 선물을 책상 위에서 발견했다. 그녀가 이렇게 인기 만점인 여자아이로서 두각을 나타내기 시작한 것은 만 4세 무렵이었다. 그전까지 윤정원은 둔한 분위기의 꽤 못생긴 아이였다. 김은영은 그런 딸이 고구마를 닮았다고 생각했으며, 남편은 감자에 좀더 가깝다고 생각했다. "우리 고구마 공주!" 하고 외치며 김은영이 뽀뽀를 퍼부으면, 남편은 서둘러 딸을 빼앗아 껴안으며 "아니지, 우리 감자 공주……" 하고 간지럼을 피워댔다. 구황작물을 닮은 딸을 부부는 편견 없이 사랑한 것이다. 그런 둘의 진실한 애정에 하늘이 감동을 했는지, 아니면 그저 뒤늦은 유전자의 발현인지, 어느 날부터인가 딸의 미모가 급격하게 꽃피기 시작했다. 딸과 동네 식당이나 마트에 들르면 직원들이 괴상한 소리를 내며 다가와 딸의 얼굴을 한참 들여다보거나 혹은 홀린 듯한 눈빛으로 헛소리를 하는 일이 잦아졌다. 그러다가 딸의 인기를 완전히 체감하게 된 것은 김은영이 딸이 다니는 유치원에 간식 도우미로 나간 날이었다. 새초롬하게 앉아서 오물오물 콩떡을 씹어 먹는 딸의 곁에 서로 더 가까이 앉겠다고 다섯명의 남자아이들이 달려들어 난투극을 벌이기 시작했다. 그러자 그 아이들 가운데 가장 잘생기고 호전적인 아이를 짝사랑해왔던 여자아이 두명이 바닥에 앉아 통곡을 하는 것이었다. 난감해진 김은영은 도움을 청하는 눈길로 유치원 선생님을 바라보았다.

"신경 쓰지 마세요. 맨날 저래요." 유치원 선생님은 영혼 없는 표정으로 대답했다.

결과적으로 윤정원의 놀라운 미모와 인기는 절약에 광적으로 집착하는 김은영이 사회적 기피 인물이 되는 것을 막아주었다. 심지어 그녀의 미치광이 같은 소탈함이 딸이 가진 놀라운 매력의 근원이지는 않을까 짐작하며 호의를 보이는 사람들도 생겨났다. 그녀가 악착같이 과일값을 깎아도, 밑창이 분리되기 직전인 고무 슬리퍼를 신고 아파트 입주민 회의에 나타나도, 윤정원의 매력에 빠진 사람들은 그녀를 환대했다.

게다가 다행히도 그녀는 딸이나 남편에게도 자신과 같은 절약형 스타일을 강요할 만큼 지독한 인간은 아니었다. 김은영은 사랑하는 그들에게 가성비의 여유를 허락했다. 물론 그 엄격한 가성비의 법칙에서 풍겨나오는 적당량의 촌티는 남편의 남자다운 인상과 딸의 미모로 완벽하게 상쇄 가능했다. 아니, 그 슬쩍 배어나오는 촌티가 그들의 매력을 증폭했는지도 모르겠다.

재미있는 것은 김은영이 증오하는 윤은영도 마찬가지로 남편과 아들로 인해 많은 이득을 보았다는 것이다. 윤은영의 남편과 아들은 윤은영과 정반대로 소탈하고 신뢰할 만한 분위기를 풍겼다. 특히 든든한 아들 김정원은 타고난 리더요 반장 타입으로서 그가 험악한 분위기의 친구들에게 다가가 다정하게 이름을 부르면 모든 문제가 해결되는 식이었다. 인간미 넘치는 아들과 남편이 아니었다면 윤은영의 구름 위를 걷는 듯한 과시적인 라이프스타일은 사람들에게 대단한 적대감을 불러일으켰을 것이 분명했다.

서글서글한 두 남자 사이에서 윤은영의 과장된 라이프스타일은 현실성을 얻었으며, 반대로 감추어도 빛이 나는 남편과 딸 덕에 김은영의 극단적인 절약의 태도는 미덕이 되었다. 이렇게 김은영과 윤은영은 정반대의 이유에서 가족들의 덕을 크게 보고 있었으며, 둘은 그 행운을 자신만의 방식으로 가족들에게 돌려주었다. 김은영은 차곡차곡 쌓이는 재산으로, 윤은영은 그림 같은 중산층 가족의 이미지와 즐거움을 선사하는 것으로 말이다. 그 결과 김은영과 윤은영의 남편들과 자식들은 그들의 아내이자 어머니를 시간이 지날수록 더 깊이 사랑하게 되었다.

*

한동안 독서에 푹 빠져 있던 김은영은 햇살이 한층 낮아졌음을 느끼고 책에서 눈을 떼 휴대전화를 확인했다. 새로운 메시지는 없었다. 남편에게 메시지를 하나 보내고, 다시 딸이 보내온 돌고래 사진을 확인했다.

'아유 예뻐.'

휴대전화에서 고개를 들자 눈에 들어온 창밖, 살짝 붉어진 햇살 속 교복을 입은 아이들이 떼 지어 몰려오고 있었다. 환한 미소와 밝은 에너지로 가득한 거리의 아이들, 우리의 희망, 밝은 미래, 약속의 씨앗, 자양분, 다가올 미래의 일용할 양식 등등······

그녀는 책으로 다시 시선을 옮겼고, 그러자 하나의 질문이 떠올랐다.

'현명한 투자자란 어떤 사람인가?'

그녀는 자신의 물음에 스스로 답하기 시작했다.

'현명한 투자자란 투자를 통해 뭔가 하나라도 더 얻는 사람이다. 빼는 것이 아니라 더해나가는, 그것이 무엇이라도 아무튼 더하는 것. 계속해서 더해나가는…… 불려나가는…… 눈덩이 같은 부에 도달하기 위한 가시밭길 속…… 대장정의…… 머나먼 여정 속 우리네 삶의……'

다시금 사이비 종교적 무드 속으로 빠져들기 직전 김은영은 정신을 차리고 창밖을 바라보았는데, 교복 입은 아이들 무리에 확연하게 눈에 띄는 남자아이가 하나 있었다. 조각 같은 미남은 아니었지만 체격이 좋고 풍기는 분위기가 다른 아이들과 달리 무게감이 있으며 어른스러웠다. 특히 아이의 얼굴에 떠오른 미소에는 마음을 따뜻하게 하는 울림이 있었다.

'아, 저런 아들이 하나 있다면……'

김은영은 상상했다. 저렇게 늠름한 아들과 함께 꽃이 만발한 H아파트의 산책로를 나란히 걷는…… 하지만 그 멋진 상상은 곧 중단되었는데 그 원인은, 그렇다, 언제나처럼 빌어먹을 윤은영이었다. 뚱딴지처럼 나타난 윤은영이 문제의 남학생을 와락 끌어안은 것이다.

약 2초 정도 지속된 그 포옹은, 약간 외설적인 느낌이 들 만큼 로맨틱했다.

김은영은 깨달았다. 저 멋진 남자아이가 바로 윤은영의 아들 김정원이라는 것을 말이다.

어머니가 아들을, 다시 아들이 어머니를 애정 가득한 표정으로 바라보는 그림 같은 장면은 다른 사람들의 시선 또한 사로잡았다. 꽤 묘한 장면이었다. 직설적으로 말해 둘은 모자 사이라기보다는 연인 사이에 더욱 가까워 보였다. 아들은 지나치게 성숙했고, 어머니는 기이할 만치 젊음으로 가득했기 때문이다. 아들에게서 몸을 뗀 윤은영은 주위에 있는 학생들을 생기 가득한 눈빛으로 둘러보았다. 그녀는 어린 학생들만큼 싱싱했고, 그것을 그녀의 아들도 느끼고 있는 것이 분명했다. 그는 자신의 어머니를 경외하고 있었다. 사기꾼 윤은영을 말이다. 김은영은 둘을 둘러싼 상황이 기이하고 부당하다고 느끼면서도 동시에 어떤 은밀한 희열이 치밀어오르는 것을 느꼈다. 김은영은 그 부적절한 희열을 분석하는 대신 눈을 감고 음미했다, 향기 좋은 커피처럼. 그리고 다시 눈을 떴을 때, 여전히 새로운 매력으로 가득한 윤은영을 보며, 도무지 눈을 뗄 수 없는 자신을 느끼며, 좀더 정확히, 그녀의 손에 들린 아이폰과 어깨에 멘 신상 루이비통 가방을 뚫어져라 바라보며 마침내 그녀는 중얼거렸다.

"애플, 루이비통모에헤네시…… 저 두 주식을 사야겠다……"

과연 대담한 발상의 전환이었다. 이 엉뚱한 생각의 전환을 통해서 김은영은 처음 느껴보는 부적절한 희열의 감정에서 슬쩍 비껴 섰다. 난 그런 걸 가진 적이 없어, 하고 변명하듯. 그녀는 스스로가 약간 놀라웠고, 또 한편 우쭐했다.

'오랜만에 책을 읽어서 그런가?'

그녀가 탁자 위의 책을 한 손으로 쓰다듬는 사이, 그림 같은 모자는 손을 꼭 잡고 천천히 걸어 김은영의 시야 너머로 사라졌다.

'쳇, 그래 인정한다, 윤은영. 너 참 더럽게 보기 좋다. 부럽…… 아니 부럽지는 않아. 다만 내 딸은 너의 자식 같은 자식과는 절대 결혼시키지 않으리……'

김은영은 굳게 다짐했다. 생각할수록 그 다짐은 옳게 생각되었다. 눈에 넣어도 아프지 않은, 사랑하는 내 딸 윤정원은 절대로 그런 자식과 결혼시키지 않을 것이다. 그녀가 결연하게 자신의 다짐을 곱씹는 동안 사라진 윤은영보다 훨씬 더 매력적인, 심지어 더 젊고 더 생생하고 아름다운 여자 하나가 배경에서 분리되어 나왔다. 그녀는 밝고 건강한 에너지로 가득했으며 마치 자신의 딸이라고 할 만큼 그녀와 꼭…… 닮은 여자는 물론 그녀의 딸 윤정원이었다.

테이블 위에 놓인 휴대전화가 울렸다.

— 엄마, 아직도 스타벅스? 나도 갈까?

김은영은 진동하는 휴대전화를 손에 쥔 채 창밖의 딸을 바라보았다. 그녀의 얼굴 가득 황홀한 미소가 번졌다. 그녀는 문득 온 세상을, 윤은영을 포함하여, 긍정할 수 있을 것 같았다. 그녀는 깨달았다. 모든 것이 조화롭게, 제자리에 놓여 있다는 사실을 말이다. 그녀의 과거와 현재, 그리고 미래 또한 제자리에 꼭 맞게, 그렇게 잘 진열되어 있는 것을 느꼈다. 김은영은 자신이 인생의 새로운 단계에 도달했음을 직감했다.

사랑하는 내 친구에게 ―

　오랜만이다 친구, 잘 지내? 요즘 시대에 맞지 않게 이렇게 말도 안 되게 긴 '편지'를 보내는 나를 용서해. 너의 문해력을 테스트해보려는 것은 아니구, 그냥 오늘은 좀 그런 기분이 들어.
　음……
　솔직하게 고백할게. 오늘은 유난히도 기분이 쓸쓸해. 물론 그에 대해 자세하게 적는 것은 너와 나 모두를 불쾌하게 만드는 것일 테니까, 그럼에도 불평쟁이 공주가 되고 싶은 심정을 이해해줬으면 좋겠다. (잠시 생각 중) 전부 다 네가 한때 질리도록 들은 내용이야. (내가 너를 질리게 하여 네가 떠나가고 만 걸까?) 지긋지긋한 직장생활, 인간사회에 대한 회의, 결국 이 모든 게 망할 놈의 돈 때문이지, 노예 같은 우리네 신세……

인간들의 악마성, 혹은 무능함, 저주, 주위 사람들이 나이를 먹어가며 보여주는 깜짝 놀랄 만큼 퇴행적인 행태들…… 정말이지 참혹한 것은 우리 인간들이라고, 우리 자주 이야기 나눴잖아? 잔인하고 야비한 인간 족속에 대해서 말이야. 우정도, 사랑도, 효와 애국심도 그저 위선에 지나지 않는, 차디찬, 진절머리가 나지만 절대 빠져나올 수 없는 그 대단하신 영장류의 세계에 대해서 말이야.

우리는 그 안에서 잘 적응하고 있는 것일까?

쉿, 대답하지 말아줘.

대신 추억의 사진을 하나 꺼내보자.

기억나? 대학 졸업하던 해 겨울 우리 둘이 발리로 여행 갔던 것? 참 아름다웠던 누사두아의 별밤. 축축한 어둠 속 미지근한 물속에 몸을 담근 채, 한 손에는 샴페인 잔을 쥐고 이 아름다운 순간을 문신처럼 뇌 주름 깊숙이 새기자, 닥쳐올 어른의 미래를 견뎌내기 위해 오늘의 추억을 수호신처럼 꼭 간직하자, 했잖아?

기억나?

나 여전히 거기에 있어.

우리들의 추억과 미래를 비추는 수호신이 함께 고스란히 담겨 있는 그 사진 속에.

이따금 꺼내본다.

믿어지니?

우리에게 그런 시절이 있었다는 게?

솔직히 안 믿겨. 하지만 증거가 있잖아. 신기하지 않니? 과거의 아름다운 기록이란 마치 오늘같이 저조한 날의 나를 이상스럽다는 듯이 바라보는 외계의 작은 생명체 같으니 말이야……

*

그 여행을 마지막으로 우리의 삶은 커팅한 베이글처럼 반으로 딱 쪼개졌지. 그 뒤의 내 삶이라는 것은…… 달밤에 지옥의 숲 속으로 끌려들어가는, 약간은 그런 느낌이었다. 너무나도 빠르게, 휙, 끌려들어가서 아니 내가 취직한 곳은 회사가 아니라 블랙홀인가? 난 인간이 아니라 무슨 큰 별의 주위를 도는 위성 같은 거였나? 하지만 아직도 멀쩡하게 돌고 있으니, 진짜 블랙홀은 아닌 거겠지?

꽁꽁 얼어붙은 초봄의 이른 아침, 새까맣게 깔린 어둠

속에서 회사 정문으로 들어서는 것은 늑대들이 가득한 검은 숲 속으로 질질 끌려들어가는 느낌이었어. 수상한 들개 한마리가 주위를 어슬렁거리는 가운데 저주의 숲 속으로 끌려들어가는 '불쌍한 나'의 이미지에 나는 완전히 사로잡혔지. 물론 생각보다 잘 견뎌냈다. 현실과 어두운 환상, 그리고 지나치게 밝은 이미지들 사이를 바쁘게, 재빨리 잘도 오가면서. 부산한 부엌의 새앙쥐처럼 말이야.

친구야, 내가 생각하기에도 나는 너무 스스로의 상상에 잘 사로잡히는 경향이 있는 것 같아. 다시 말해, 문제는 전적으로 나에게 있어. 내가 마녀이고 마녀가 숲을 만들었고…… 마침내 숲을 태우게 된다는…… 그런 식으로 상상을 이어가다보니까 닿은 곳이 그렇게 나쁜 곳은 아니었어. 물론 나는 실제로는 전혀 마녀처럼 보이지 않았지. 너도 내 사진들을 통해 목격했듯이 말이야. (혹은 사진 속 나는 생각과 달리 훨씬 더 미쳐 보였던 걸까?) 알다시피 내가 인기가 없는 타입은 아니잖아. 게다가 회사는 나에게 경제적인 풍요로움을 선사했지. 알량한 명예와 그에 따른 사람들의 호의, 치명적인 쇼핑중독, 하지만 무엇보다도 사진첩을 꽉꽉 채운 이벤트들! 근사했지…… 이론적으로 말이야.

그렇게나 잘 지냈는데, 하지만 사실은, 이따금, 카메라에 비친 나와 현실 속 나, 그리고 검은 환상 속 늑대의 숲을 거니는 마녀로서의 나 사이에서 완전히, 완전히 길을 잃은 느낌일 때, 정확하게 바로 그런 순간들 속에서, 카메라에 비친 내가 그 어느 때보다 근사해 보였다는 것을, 그 마법 너머의 마법을 너에게 어떻게 설명해야 할까?

물론 설명 따위 필요 없지. 너 또한 잘 아는 세계일 테니까.

그래도 굳이 설명을 하자면, 마음이 영 혼란스러울 때 사람들은 셀카에 집중하게 되잖아?

일종의 명상이랄까?

그렇게 마음이 평안해지기도 하더라구.

솔직히 1년쯤 지나니까 이것과 저것, 저것과 딴것 사이의 구별이라는 것이 무의미해지더라. 내가 실제로 존재한다는 사실 따위 아무런 의미도 느껴지지 않게 되었어. 아니, 난 의미 자체를 조소하기 시작했지. 그리고 그즈음 너와 나는 완벽하게 소원해졌어.

*

    3년 차 직장생활, 나는 삶에 약간의 변화를 추구하기 시작했지. 너 또한 유학 간 대학에서의 그림 같은 캠퍼스 생활로 정신이 없었겠지? 그래, 그 오래된 대학교의 교정은 참으로 아름답더구나.(네가 거기에 속해 있다는 사실이 유일한 오점으로 보였지.) 그 시점, 너 또한 기묘한 타협을 추구하기 시작했다는 것을 사진 속 네 얼굴이 밝고 맑게 빛나기 시작한 것에서 추측할 수 있었어. 혹시 너는 박사과정이라는 권위적인 수식어에 통째로 잡아먹히게 된 것일까? 그래, 내가 너를 질투하기도 했다는 사실을 인정할게. 하지만 과연 그 질투가 전적으로 나의 소유물일까?

    네가 내 마음속에 심어놓은 부비트랩 같은 것은 아니었을까?

    네가 봄방학 때 들른 파리에서 찍은 환상적인 사진을 공개한 바로 그날 밤, 심지어 너는 애인과 함께였지! 하필이면 빌어먹을 일요일 밤이었고, 나는 아이폰을 던져버리는 대신에, 공기의 비과학적인 희박함을 느끼며, 리얼리티 자체를 획기적으로 낭만화해보기로 마음을 고쳐먹었어. 바로 그 순간이었어, 나의 상상 속에서 현실과 마녀의

숲을 잇는 지극히 퇴폐적인 다리가 건설된 것은. 오직 일
요일 밤에만 모습을 드러내는 기묘한 다리. 나는 홀로 미
친년처럼 그 다리를 산책하는 행위에 완전히 빠져들었어.
그 시기 나는 미술 감상에 취미를 붙이기 시작했다. 휴가
를 맞이해서 홀로 이탈리아 기행을 계획하고 실행하기도
했어. 그것은 사실 너와 함께하기로 한 계획이었는데, 기
억나?

하지만 우리가 그런 낭만적인 계획을 함께하는 대신,
너는 결혼을 하기로 마음먹었지.

네 결혼 소식을 삼자를 통해 전해 들은 날, 나는 그 어
느 날보다도 기묘한 매력을 내뿜는 나만의 고풍스러운 상
상 속 다리 위를 걷고 또 걸었다. 강물 위로 비치는 다리
의 실루엣이 너무나도 강렬해서 하마터면 물속으로 뛰어
들 뻔했는데, 그렇다고 해서 익사하지는 않았을 거야. 왜
냐하면, 그 다리는 내 망상에 불과하니까! 하지만 너는 진
짜로 현실에서 결혼을 택했어. 나는 내 상상이 건설한 다
리와 현실에서의 너의 결혼 가운데 어떤 것이 좀더 진정
한 광기의 징후인 것일까 곰곰이 생각해보았는데, 결론은
너의 결혼이 나의 다리와 완전히 똑같은 정도로 도피적
광기에 물든 환상에 불과하다는 저주였다.

*

　누구에게나 환상이 있어. 누구나 마음속에는 예쁜 꽃바구니를 끌어안고 장밋빛 미래를 상상하는 한 소녀가 있다는 말이야. 그렇다면 내가 상상한 미래는 뭐였을까? 솔직히 내 미래는 이미 현실이 되었어. 언제까지나 영원히 예쁜 꽃바구니를 끌어안고 장밋빛 미래를 상상하는 '현실의 나'로서 말이야. 10년 후에도 20년 후에도 그렇게 오도카니 앉아서 꽃바구니를 들여다보는 여유를 가질 수 있다면.

　적당히 수수한, 하지만 생기를 잃지 않은 우아한 모양새로. 그럴 수 있다면 나는 더이상 바라는 게 없어. 맞아 그런 여유, 적당한 생기. 여전히 꽃과 나비를 보면 설레는, 언제나 좀더 근사한 미래를 기다리는 그런 소녀 같은 마음가짐에 나는 언제나 끌리고 만다. 그런 나의 입장으로서 솔직히, 너의 갑작스러운 결혼 결정은, 경망스럽게 말해서 꽃바구니를 거칠게 집어던지고 시끄럽고 매연으로 가득한 거리로(현실로? 아니면 더 깊은 망상 속으로?) 뛰쳐나가는 것처럼 느껴졌어. 한마디로 너 굉장히 실수하고 있구나, 그런 느낌?

물론 인정해. 너는 굉장히 액티브한 인간형임이 분명해. 그렇다면 나는 패시브하다는 말인가? 가만히 앉아서 꽃바구니를 감상하는 것이 그렇게 수동적인 행위인 거니?

그해 여름 나는 (회사에서 미움을 한 몸에 받을 것을 각오하고) 꽤 긴 휴가를 계획했어. 런던으로 떠났지. 기말고사를 앞두고 비탄에 빠진 아트스쿨 학생처럼 정신없이 미술관을 순례했어. 완전히 진지하게 미술에 푹 빠져 지냈다는 말이야. 호텔 지하에 있는 바에서 바텐더와 횡설수설 농담 따먹기를 하다가, 한국에 돌아가서 미술이론 공부를 시작할 결심을 하기도 했지. 물론 다음 날 아침 그 계획은 깨끗하게 철회되었고. 나의 변경된 결심에 대해 발표하기 위해서 그날 저녁에도 같은 바에 갔는데 바텐더는 다른 사람으로 바뀌어 있었어.

다음 날 밤 템스강을 걷다가 정말이지 완벽한 사진을 한장 건졌어. 그해 최고의 사진이었어.

그렇다면 사진작가가 되는 건 어떨까?

그 문제에 대해서 상의해줄 바텐더가 사라졌으므로, 나는 더욱 빨리 그 꿈을 접었다.

여행 중에는 언제나 이런저런 신선한 아이디어가 떠오르는 법이잖아?

그리고 물론 사진들! 수백 수천장의 사진들!

어떤 사진을 업로드하고, 또 어떤 건 삭제해야 할지, 고르는 작업은 지겹지도 않았어. 심지어 끝도 없게 느껴졌으니까.

한국으로 돌아온 뒤……

시간은 강물처럼 덧없고 빠르게 흘렀지. 결국 나는 너의 결혼식에 가지 않았어. 하지만 사진은 충분히 봤으니까, 거의 참석한 것이나 마찬가지 아니겠어?

너는 충분히 아름다웠어. 솔직히 기대 이상이었어. 사진 속 너는, 사랑과 커리어 양쪽을 완벽하게 거머쥔 것처럼 보였지. 나는 너의 객기에 (혹은 사기에) 거의 감동했어.

*

너의 결혼을 기점으로 우리의 관계는 진짜 깔끔하게 정리되었다고 봐도 좋을 것 같아. 콘크리트 벽에 묻어버린 시체의 수준! 하지만 그 뒤에도 나는 끈기 있게 너의 계정에 업로드되는 사진들을 모조리 확인했지.

처음 1년간 게시된 너의 완벽한 사진들을 기억해. 너는 너만의 완벽한 성채를 완성한 듯했지. 즉 너는 현실을 전혀 살고 있지 않았단 말이야. 너 또한 완벽한 망상 속을 헤매고 있다는 것이 나에게 어떤 위안이 되어주었던가? 아니, 전혀. 왜냐하면 내가 사는 곳 또한 현실이 아니었으니까.

그렇다면 우리는 어디에 있었던 걸까?

활짝 피어난 라이크와 하트의 꽃밭 속에?

잘 믿기지는 않지만, 우리 둘 다 정신병자와는 완전히 거리가 멀어. 그렇잖아?

이론적으로는 말이야.

나 또한 결혼을 할 뻔한 위기가 있었어. 하지만 흔들리지 않았지. 하지만 그것은 그저 또 한번 나의 압도적인 수동성을 과시했던 이벤트에 불과한 것일까?

네가 교수가 되기를 기다리고 있다는 소식을 들었어.

음……

사실 오늘 나는 승진을 했어.

최악이지, 그렇지?

결혼을 약속한 애인도 있어.

참 여러모로 괜찮은 아이야, 하지만 나의 위대한 망상의 세계와 비교했을 때 여러모로 부족하다는 느낌. (자세한 이야기는 내 사진들을 참고해줘.)

마음속 꽃바구니는 더욱 풍성해진 듯해.

그래, 더 바랄 것이 있겠니?

너무 바빠서 더이상 그림을 보러 다니지 않게 되었어. 대신 여행은 자주 다니려고 하지만 쉽지가 않네, 너도 알다시피.

여행의 꽃은 면세점인 걸까? 아니, 중요한 건 하나뿐인 것 같아. 무조건 사진을 많이 남겨야 한다는 거. 사진 속 나는 대체로 완벽한데, 그렇다면 다른 애매한 것들은 싹 다 지워지는 거야. 증거인멸이랄까? 하하!

근데 인생이란 게 원래 그런 게 아니겠어?

사진 밖의 나를 누가 기억하지? 넌 기억나니?

난 안 나. 사진 밖의 너란 존재, 나에겐 귀신보다도 낯설어.

사진이란 정말로 신기함. 옛날 사람들이 말한 것처럼 영혼을 빼앗기는 듯한 느낌이 이따금 들지 않니? 난 들거든. 그렇다면, 우리들은 이렇게나 많이 사진에 찍혀버렸으니까 영혼이 완전히 닳아 없어졌겠네?

없는 거야, 우리의 영혼은.

이론적으로 말이야.

그건 그렇고…… 아아 마침내 졸음이 쏟아지네. 수면제

의 약효가 시작되려는 모양이야. 고마워, 네가 아니었으면 나는 끝없는 불면과 효과적인 수면제의 마법 같은 춤사위를 배울 수 없었을 거야. 넌 참으로 선한 영향력을 가졌어.(윙크.) 그 멋진 영향력, 앞으로 불쌍한 학생들에게 많이 끼치기를 바라.

　사랑하는 내 친구, 이제 진짜 굿바이, 잘 지내렴.

　멀리서 언제나 너를 지켜보고 있는 친구가—

소유의 종말

이지훈은 늦은 아침 식사를 나인원한남 고메이494 푸드코트에서 해결했다. 그가 가장 좋아하는 메뉴는 땀땀의 매운 소곱창 쌀국수로 1부터 3단계의 매운맛 가운데 신라면 정도의 맵기라는 2단계를 선택하는 편이었다. 살짝 한기가 느껴질 법한 강한 에어컨 냉기가 몸을 감싸는 가운데 매콤하고 걸쭉한 고깃국을 정신없이 들이켜다보면 겨드랑이에 차오르는 축축한 습기 정도는 금세 휘발되는 법. 놀라운 속도로 국수 그릇을 비운 그는 한 손에 쥐고 있던 냅킨을 톡톡 두드려 이마에 맺힌 땀을 닦아내고 탁자 위에 올려놓았던 육중한 루이비통 선글라스를 썼다. 그리고 번뜩이는 눈빛으로 주위를 둘러보기 시작했는데……

쿨바이브의 마르지엘라, 영 지루한 샤넬, 사차원 에르메스, 냉정한 척하지만 마음만은 따뜻한 고야드 등등 사이에서 단연코 빛이 나는 식별 불가의 손가방을 달랑거리며 다가오는 순수한 여인네가 하나 있었다.

딸기우유색 플랫폼힐 위에서 흔들거리는 상앗빛 발목, 전자파가 그윽하게 느껴지는 오렌지색 미니 드레스 속 터질 듯한 가슴과 엉덩이, 부러질 듯한 팔목에 칭칭 감긴 올가미를 닮은 뱅글과 암릿 아래 달랑거리는 흰색 작은 손가방의 출처를 그는 도대체 가늠할 수가 없었다. 한편, 실리콘의 촉감을 재현하는 듯 매끄럽게 찰랑거리는 숱이 많은 검은 생머리에 반쯤 가린 창백한 얼굴은 그의 얼굴과 비교했을 때 25퍼센트의 면적이랄까.

5미터, 3미터 1.2미터…… 0.7미터…… 여자가 가까워질수록 안절부절못하던 그는 엉겁결에 오른손을 쳐들었고, 그러자 한정판 파텍필립 손목시계가 환한 빛을 뿜으며 그가 입은 빈티지 오프화이트 티셔츠의 소매 사이로 드러났다. 순간 물고기를 닮아 냉기로 가득한 여자의 크고 완벽한 눈이 반짝, 빛났다. 그리고 그게 전부였다. 그녀는 아무렇지도 않게 그를 지나쳐 아우어 베이커리로 들어섰다.

'아우어 베이커리…… 더티초코가 맛있다고 하지……'

그는 허망한 기분이 되어 텅 빈 쌀국수 그릇을 내려다

보며 자책했다. 왜 그랬을까…… 저런 고수 앞에서 파텍
필립 따위를 자랑하다니. 게다가 한여름에 쌀국수라……
센스 없는 놈……

그는 약간 울 것 같은 심정이 되어 돌아오는 겨울 전까
지는 절대 쌀국수를 먹지 않으리라 결심했다. 그리고 허탈
한 눈빛으로 아우어 베이커리 매장을 응시했지만 아무런
소득은 없었다. 마침내 자리에서 일어난 그는 모든 것을
잊기 위해 슈퍼마켓 쪽으로 향했다. 다행히도 슈퍼마켓
직원들은 몹시 친절했고, 그가 좋아하는 에미넴의 「Not
Afraid」가 천장에 달린 스피커에서 은은하게 흘러나오고
있었다. 그는 익숙한 라임을 흥얼거리며 서서히 안정을
되찾았다. 그리고 능숙한 손길로 선반에 놓인 모리나가
핫케이크 믹스를 집어 들었다. 이어 블루베리 한통과 유
기농 특란 열개, 매일우유 한 팩, 이즈니 버터까지 쇼핑을
끝낸 그는 계산대에 도착하여 낭랑한 목소리로 직원에게
말했다.

"배달 주문이요~"

신속하게 장보기 미션을 마친 그는 흡족해진 상태로
건물 1층에 있는 블루보틀로 향했다. 그가 항상 마시는 싱
글 오리진 원두 아이스 카페라테의 가격은 5만 8000원, 전

쟁 탓인지 기후변화 때문인 건지 3년째 계속되는 원두 수급난으로 라테의 가격은 한달새 25퍼센트나 훌쩍 인상되어 있었다.

커피를 기다리는 동안 그는 주머니에서 스마트폰을 꺼내 비트코인의 가격을 확인했다. 밥을 먹은 두시간 남짓 사이 1.7퍼센트가량 상승했다. 그는 고개를 끄덕이고 스마트폰을 다시 주머니에 넣었다. 아무렴, 커피값보다는 자산 상승률이 높으면 되지 않겠는가, 그는 생각했다.

돈에 대해서 그는 조급하지 않게 생각하는 편이었다. 지난 1년간 커피값이 285퍼센트 상승했고, 비트코인은 303퍼센트 상승했다. 절묘한 숫자. 우연의 일치라고 하기에는 너무나도 절묘한 숫자다. 샤넬 클래식 미디엄의 가격은 188퍼센트, 전기세는 414퍼센트 상승. 과연, 과연, 절묘한 숫자들. 이 모든 것이 우연의 일치일까?

"이지훈 손님, 주문하신 싱글 오리진 원두 아이스 카페라테 나왔습니다~"

꾀꼬리 같은 음색을 지닌 직원이 그의 이름을 불렀다. 그는 능란한 워킹으로 직원을 향해 다가갔다. 컵 가득한 라테의 표면에 셀 수 없이 많은 조그마한 하트가 수놓아져 있었다. 그는 미소를 머금고 직원을 바라보았다. 앗, 그녀는 아까 쌀국수를 먹을 때 보았던 완벽한 그녀와 완전히 똑같은 외모를 지니고 있었다. 스타일이 다르기는 했지만 마치 쌍둥이라고 할 수 있을 정도로 완벽하게 똑같은 그녀를 그는 지그시 바라보았다.

마침내 나인원한남 건물을 빠져나오자 강렬한 7월의 햇살이 거리를 점령한 채였다. 그는 육중한 루이비통 선글라스 아래(고작 선글라스가 이렇게까지 무거워도 된단 말인가) 담담한 표정을 유지하며 한남오거리 횡단보도로 향했다. 걸음은 느리고 관대하게, 한편 선글라스에 숨겨진 눈알은 미친 듯이 굴리며 동네의 수질을 점검했다. 확실히 주말보다는 평일이 나아. 그렇게 생각하며 잠시 타르틴 베이커리에 들를까 생각했다. 타르틴 베이커리의 아몬드 크루아상은 그가 가장 좋아하는 디저트였기 때문이다. 하지만 다이어트가 필요한 시기라는 또다른 생각이 그를 막아섰다. 그는 슬쩍 자신의 배를 내려다보았다. 집에 가서 러닝머신을 좀 뛰어야겠군. 그렇다면 뛰기 전에 좀 먹으면 안 될까? 될까? 고민하는 사이 횡단보도 신호가 바뀌었다.

'아무래도, 먹지 말자. 이따가 팬케이크 해 먹을 거니까.'

마침내 결론을 내린 이지훈은 아이스 카페라테를 비우며 천천히 유엔빌리지 쪽 언덕을 걸어 올라갔다. 땀이 송골송골 이마에 맺히는 것을 느끼며, 즉 칼로리가 소모되고 있다는 느낌에 그는 만족스러워졌다. 유엔빌리지 입구에 도달했을 때 그는 잠시 멈춰 서 눈앞에 들어온 위압적인 건물들을 죽 훑어보았다. 감동스러운 미소가 만면에 떠올랐고, 그는 다시금 천천히 걷기 시작했다. 오른쪽 골목길로 방향을 틀어 10분 정도 가파른 경사로를 올라가자 자그마한 신축 빌라가 나타났다. 1년 전 구입, 3개월 전 리모델링을 완료한 온전한 그의 집이었다. 아래층을 모두 월세로 내주고 그는 4층에서 혼자 살았다. 아니 세살짜리 세상 귀여운 웰시코기와 함께. 그가 입구로 향하는 길, 관리인이 다가왔다.

　"이지훈 사장님, 안녕하십니까?"

　"네, 안녕하세요. 날이 참 덥네요?"

　"그렇지요, 산책 다녀오십니까?"

　"네에."

　"다이애나는 잘 있나요?"

　"그럼요. 너무 더워서 산책은 저녁에 시키려고요."

　"그렇군요. 좋은 하루 보내시기 바랍니다!"

관리인이 인사하는 동시에 에러가 난 듯 멈추더니 급하게 사라졌다. 갑자기 혼자 남게 된 그는 머뭇거리다가 조용히 엘리베이터 쪽으로 다가갔다. 버튼을 누르며 그는 심각한 표정으로 중얼거렸다.

"좋은 관리인을 찾기가 쉽지 않아……"

엘리베이터가 4층에 멈추고, 그는 집으로 들어섰다. 현관문을 열자 다이애나가 꼬리를 흔들며 다가왔다. 그는 다이애나를 향해 양팔을 활짝 벌리며 말을 걸었다.

"다이애나, 잘 있었쪄용? 심심했쪄용?"

다이애나는 격렬하게 꼬리를 흔들며 낑낑거렸다.

"오빠가 나가봤는데 지금 바깥은 너무 더워용!"

다이애나는 더욱 격렬하게 꼬리를 흔들며 낑낑거렸다.

"차암, 알겠어! 오빠가 졌다! 루프톱으로 나가보자꾸나!"

그는 다이애나를 품에 안고 거실 구석에 있는 계단을 올라 옥상으로 향하는 문을 열었다. 곧 파란 하늘과 옥상 가득 펼쳐진 잔디, 여기저기 우거진 나무와 수풀이 눈에 들어왔다. 다이애나가 그의 품을 박차고 풀밭에 훌쩍 착지, 기분 좋게 뒹굴기 시작했다.

"하하 녀석……"

그는 행복한 한숨을 쉬며 옥상 구석의 벤치에 앉았다.

그리고 구름 한점 없는 하늘을 바라보았다. 한동안 가만히 앉아 햇살을 쬐는 동안 행복감이 온몸 가득 차오르는 것을 느끼며 그는 눈을 감았다. 그리고 깊게 심호흡을 했고, 잠시 뒤 그는 아까 관리인이 그러했듯이 에러가 난 듯 정지하더니 급하게 사라졌다.

*

이지훈은 머리에 쓴 육중한 VR 고글을 벗고는 한동안 새까만 어둠 속에 멍하니 앉아 있었다. 이윽고 자리에서 일어난 그는 어둠을 더듬어 창가 쪽으로 다가갔고, 그러자 천장에 설치된 센서가 그의 움직임을 읽어 두꺼운 커튼을 열었다. 끝없이 늘어선 회색빛의 초고층 아파트들이 시야를 막아섰다. 오후 1시 31분. 건물들 사이로 조각조각 보이는 하늘은 짙은 구름에 덮여 있었다. 5.5평의 작은 원룸에 은은한 조명이 들어왔고, 한쪽 벽면에 새로 도착한 메시지들이 차례로 떠올랐다.

"내일 오전 8시 건강검진이 있습니다. 오늘 저녁 8시 이후 금식하십시오."

"세시간 후 장보기를 실시합니다. 장보기 리스트를 점

검하십시오."

"오늘은 물 절약의 날입니다. 저녁 9시부터 아홉시간 동안 물 사용이 금지됩니다. 화장실 이용에 유의하십시오"

그는 벽면을 터치하여 알람을 모두 지우고 식사 앱을 열었다. 그리고 매운 쌀국수를 골라 주문했다.

"주문하신 매운 쌀국수의 조리가 시작되었습니다. 조리 완료 시까지 약 25분이 소요됩니다. 배달을 원하십니까?"

그는 예,를 클릭하고 욕실로 들어섰다.

약 10분 뒤 샤워를 마치고 나온 그는 새로운 메시지가 도착한 것을 발견했다. 쌀국수 주문이 밀려서 추가로 20분이 더 소요된다는 것이었다. 그는 티브이를 켰다. 1분짜리 의무 광고 방송이 흘러나왔다.

"Hello, One Green Friends? 알고 계십니까? 우리 인간들이 사유재산을 소유했던 시절이 있었다는 것을? 그것은 많은 문제를 초래했죠."

화면에 지난 시대의 끔찍한 참상들의 이미지가 빠르게 떠올랐다가 사라졌다. 전쟁, 대공황, 기후위기, 전염병의 창궐, 각종 희귀병과 정신적 고통에 신음하는 사람들, 기근, 환경 재난, 멸종 위기에 처한 동물들……

"하지만 더이상 아닙니다. 우리 인간들은 지혜를 모아 문제를 영구적으로 해결하는 데 성공했습니다. 이제 아무것도 걱정할 것이 없습니다. 여러분의 미래는 보장되어 있습니다. 여러분의 미래는 희망만이 가득합니다."

화면의 이미지가 바뀌어 초록빛으로 가득한 벌판, 자유롭게 뛰어노는 소, 행복해하는 아이들의 모습이 비쳤다.

"오직 여러분 앞에 펼쳐질 행복만을 생각하십시오!"

이지훈은 무표정하게 화면을 들여다보았다. 기억나지 않는 유년 시절부터 반복해서 보아온, 이제는 가족의 얼굴보다도 익숙한 내러티브의 이미지들이었다. 그가 두살이던 2025년 유례없는 위기가 인류를 덮쳤다. 전쟁, 하이퍼인플레이션, 전염병, 대기근의 틈바구니에서 겨우 살아남은 소수의 인류는 다시는 과거의 참상을 반복하지 않기 위해 혁명적인 시스템을 도입했다. 현실세계에 어떠한 악영향도 끼치지 않기 위해 현실에서의 삶을 최소화한 채

원하는 삶을 가상현실에서 마음껏 살아가는 것이다. 현실에서는 모두가 기본소득을 받으며 임대주택에서 살아간다. 가상현실은 위기 직전이었던 2024년의 현실과 유사하게 세팅되었다. 그곳에서 모두가 행복한 현실을 영원히 살아가는 것이다. 바로 그때의 방식으로 말이다. 마음껏 돈을 벌고 무한정 소비하고 아무렇게나 사랑에 빠지는 삶을. 탐욕스럽고, 이기적이며, 사악하고, 폭력적인, 고통으로 가득한 과거 멍청한 인간들의 삶을 말이다. 모두가 최대치의 욕망을 향해 광기 어린 포즈로 다가가던 바로 그때의 사람들처럼, 스스럼없이 스스로의 야만성을 극대화하는 데 온 인생을 바치던 미개한 인간들의 삶을 현실보다 더욱 현실 같은 가상현실 속에서 살아가기.

의무 광고 방송이 끝나고, 이번에는 10분짜리 의무 명상 방송이 시작되었다. 은은한 음악이 흘러나오는 가운데, 방의 조명 또한 어두워졌다. 이지훈은 최면에 걸린 사람처럼 방 한구석에 펼쳐져 있는 잿빛 요가매트에 앉아 가부좌를 틀었다.

"안녕하세요, 이지훈 님? 편하게 자리에 앉아주시기 바랍니다. 오늘 이 시간 우리는 '내 안의 그림자를 직면하기' 명상을 함께하겠습니다. 편안한 자세를 취하셨나요? 그러면 먼저 호흡부터 시작해보겠습니다⋯⋯"

"⋯⋯그림자는, 여러 면에서, 우리의 삶을 움직이는 힘이기도 하죠. 그것은 자연스럽고 또 보편적인 것으로서, 우리 안의 그림자는 창조적이면서 동시에 파괴적일 수 있습니다. 그림자는 우리 안에 있는 무의식적인 패턴, 중독, 혹은 의지를 보여주며, 기폭제의 역할을 하기도 합니다⋯⋯"

"이지훈 님 본인이 하나의 어두운 방에 있는 것을 상상하십시오⋯⋯"

"그 어두운 방이 어두운 이유는 당신의 그림자가 그 방을 가득 채우고 있기 때문입니다. 그렇다면 빛은 어디에 있을까요?"

"없습니다, 빛은. 어둠이 전부입니다. 당신의 그림자를, 방을 가득 채우고 있는 당신의 그림자를 직면하십시오."

"……직면하십시오……"

자 이제 직면합니다.
어둠.
그림자.
나 자신.
내 그림자로 가득한 캄캄한 밤.

직면합니다.

어둠을 직면합니다.
당신은 알아봅니까? 느껴집니까?

나. 그리고 그림자.

어둠.

그림자……

'나……'

이지훈은 명상에 깊이 몰입했다.

'나…… 그리고 그림자……'

"자 이제, 사라집니다!"

순간, 이지훈은 정말로 자신이 사라지는 것을 느꼈다. 이지훈이라는 존재 자체가 완전히, 완벽하게 세계 속에서 깨끗하게 지워진 듯한 느낌. 아주 신기하고 낯선 느낌이었다. 하지만 동시에 놀랍도록 상쾌하기도 했다. 그가 그 상쾌함에 몰입하려는 순간, 갑자기 화면이 멈추고 새로운 메시지가 떠올랐다.

"주문하신 매운 쌀국수의 조리가 완료되어 배달이 시작되었습니다. 약 80초 뒤 배달 예정입니다. 즐거운 식사 되십시오. Bon Appetit!"

이지훈은 눈을 뜨고, 약간 허탈한 표정으로 화면을 바라보았다. 메시지가 사라지고 화면이 바뀌어 명상 방송으로 돌아오는 대신에 화면은 깜깜한 방을 비추었다. 어둠, 그리고 나. 오직 그림자로 가득한 그 방은 그가 지금 있는 방과 완전히 똑같았다. 그는 그 방을 들여다보았다. 가부좌 자세를 취한 채로. 편안한 호흡을 지속하며.

이것도 명상의 일부인가?

사라진다.

뭐가? 그림자가?

아니 나 자신이.

사라진다?

나의 뇌를 가득 채운 쓸데없는 생각들이, 쌀국수 역시⋯⋯

배고픔이 사라진다.

그림자 속으로 모든 것이 완전히⋯⋯

문득 그는 매운 쌀국수의 칼칼한 향을 맡았다. 문밖에 쌀국수가 배달된 것이다. 그가 그토록 좋아하는 매운 쌀국수가.

코가 움찔거리고, 입에 침이 고였다. 그는 눈을 떴다. 매운 쌀국수의 칼칼한 냄새를 맡으며 그는 자리에 가만히 앉아 있었다. 움직이지 않은 채로 그는 문밖에 놓인 매운 쌀국수에 대해서 생각했다. 그 냄새를 맡았고, 그의 신체가 그것을 원한다는 걸 확인했다. 하지만 그는 문을 열고 매운 쌀국수를 가져와서 먹는 대신에 다시 눈을 감고 명상에 몰입했다.

사라진다, 냄새가, 배고픔이. 사라진다. 쌀국수 또한 사라진다.

약 10분 뒤, 그는 다시 눈을 뜨고 침대에 놓인 VR 고글을 썼다. 그는 쌀국수를 먹는 대신 가상현실로 돌아가 겨울을 기다리기로 했다. 현실엔 더이상 어떤 계절도 없으니까. 그저 회색빛 구름들뿐, 아니 그 구름조차 사라질 것이다. 아니 이미 아무것도 없다. 세계에는 아무것도 남은 것이 없다. 마침내 우리 인류는 해낸 것이다. 뭘 해낸 건지는 모르겠지만……

*

1초, 2초, 3초…… 이지훈은 환한 빛이 되돌아온 것을 느꼈다. 놀라울 만큼 생기 넘치는 7월의 햇살이었다. 이지훈은 자리에서 일어나 사랑스러운 개가 뒹구는 풀밭 쪽으로 향했다.

벌레 구멍

최××를 만난 것은 웨스트 할리우드에 있는 미슐랭 투 스타 초밥집 마츠모토에서였다. 그는 한때 국민 코미디언으로 칭송받았으나 최근 참여한 프로그램 세개가 전부 시청률 저조로 연달아 조기 종영된 뒤 텔레비전에서 자취를 감춘 상태였다. 초등학교 시절 나는 그의 팬이었다. 그가 교통편이 열악한 지역에 사는 저소득층 신혼부부에게 소형 자동차를 선물하는 프로그램인 「날으는 자동차」를 통해서 인기를 모으던 시절이었다. 그때 그에게는 어딘가 우수에 찬 홍콩 영화배우 같은 분위기가 있었는데 반면에 개그 스타일은 유치하고 저돌적이었다. 나는 그가 왕가위 영화 「타락천사」에 나오는 배우 여명을 닮았다고 생각했는데, 그렇게 말하면 사람들이 비웃을 것이 분명했기 때문에 혼자서 은밀하게 그의 다음(Daum) 팬클럽 카페에 가입했었다……

훌쩍 세월이 흘러, 팬클럽 카페 아이디가 뭐였는지조차 잊은 지금 엉뚱한 장소에서 우연히 마주친 그에 대해서 어떤 감정을 느껴야 하는 걸까? 안타까움? 아니, 슬럼프는 잠시일 뿐 그는 화려하게 재기할 것이다. 실제로 스시 바에 앉은 그의 모습에서는 인생의 뒤안길에 선 초라한 중년보다는, 공항의 비즈니스 라운지에 앉아 에스프레소 한잔의 여유를 즐기는, 아시아의 어느 초국적 도시에서 온 엘리트 비즈니스맨의 아우라가 풍겼다. 그가 걸친 감색 체크무늬 재킷은 특별히 비싸 보였다.

오마카세란 배움이다.
혹독한 수련이라 할 수 있지.
차디찬 밥알을 삼키며 현실의 쓴맛을 상기한다.

그가 위의 세 문장을 나를 향해서, 아니면 나와 그, 그리고 요리사를 제외하면 텅 빈 스시 바를 향해서 읊조렸을 때, 나는 헛소리를 들었다고 생각했다. 마침 밖으로 응급차가 지나갔고, 귀 따가운 사이렌 소리가 지워지며 천천히 빌 에번스의 재즈 음악이 돌아왔다. 한마디로 숨 막히는 분위기였다. 나는 목덜미가 굳는 것을 느끼며, 참돔 스시를 꾸역꾸역 씹어 삼키며 생각했다. 나는 왜 이렇게 엄숙한 곳에 들어왔을까. 누구의 강요도 없이, 스스로의 재정 상태에 최대치의 타격을 입히면서? 그야 물론 오마 카세란 배움, 일종의 수련…… 나는 다시금 최××를 바라 보았다.

내 나이 66세, 아직도 배움이 필요한가 하면 솔직히 모르겠다. 아니라고 항변하고 싶은 마음이 사실 굴뚝같지만 세상은 허락하지 않겠지, 그렇고 그런 나의 나태를.

그가 다시금 헛소리를 지껄이며 내 옆으로 자리를 옮겼고, 재킷 주머니에서 담배를 꺼내 불을 붙였다. 나는 생각했다. 최××는 나와의 로맨스를 상상하는 걸까? 그러기에 그의 아내는 나보다 겨우 세살이 많은 미녀 탤런트에다가 미모가 출중한 초등학생 딸은 곧 아이돌 데뷔를 앞두었다는 루머까지, 왜 나는 죄다 알고 있는 거지? 아무튼 그가 요리사를 향해 손을 흔들자 앙증맞은 사케 잔이 내 앞에 놓였다. 그윽한 쌀 냄새를 풍기는 고급 사케가 잔을 채웠고, 나의 정신은 천천히……

*

숙소로 돌아온 뒤 나는 최××가 사케를 홀짝이며 조근조근 들려준 이야기를 여러 차례 되짚어보았는데, 그것은 그가 마침내 정신이 나갔다는 증거 또는 내가 헛것을 봤다는 충격적인 진실, 그러니까 내가 미쳤거나 그가 돌았다는 것으로밖에는 이해가 되지 않는 이야기였다. 그의 이야기는 간단했다. 서초동 예술의전당 주차장 어딘가에 샌프란시스코의 헤이트 애슈버리 사거리와 연결되는 웜홀이 존재한다는 것이다. 그 웜홀을 파괴하는 것이 그의 임무라고 했다. 왜? 하여튼 그 임무를 수행하다가 본업에 소홀하여 방송을 망쳤고, 공황장애 진단을 받았으며, 공황장애를 치유하기 위해서 요가를 시작했는데 집에 딸린 운동실에서 요가를 할 때마다 매번 통곡을 하는 바람에 아내가 노이로제에 걸렸다고 그는 말했다.

누가 어떤 이유로 예술의전당 주차장에 샌프란시스코와 이어지는 웜홀을 만들었는지, 또 하필이면 왜 그가 그것을 파괴하는 임무를 부여받았는지에 대해서 그는 침묵했다. 그저 장황하게 웜홀에 대해 묘사했고, 나는 그의 이야기를 들으면서 몹시 슬퍼졌다. 한때의 팬으로서, 거물

방송인이 정신병에 걸렸다는 점이 비통했다. 숙소로 돌아와서도 내내 슬펐고, 그러다가 문득, 내가 마츠모토에서 겪었다고 여겨지는 일이 죄다 환각이 아닐까 하는 의심이 들었다. 나는 두려움을 느끼며 화장실 거울을 들여다보았고 거울에 비친 나는 미쳤다기보다는 굉장히 피곤해 보였다. 아무튼 더이상 생각할 겨를이 없었는데 약속 시간이 다가오고 있었기 때문이다. 서둘러 옷을 갈아입으며, 나는 여기까지 서술한 상황이 죄다 빨리 깨끗하게 잊히기를 기원했다.

LAX — ICN
18:03 PM
UNITED 1698

오전 12시 37분, 구글맵을 켜고 월요일 오후 웨스트 할리우드에서 LAX 공항까지 자동차로 이동할 때의 예측 시간을 확인했다. 45분에서 2시간 40분 사이. 휴대전화에서 얼굴을 떼자 시야를 가득 채운 인간들의 얼굴이 알록달록한 조명을 받아 그로테스크하게 빛나고 있었다. 나는 한모금 남은 드라이 마티니를 재빨리 삼켰다. 사람들이 레게로 편곡된 스매싱 펌킨스의 「Bullet with Butterfly Wings」를 떼창하기 시작했다.

　이 술집의 이름이 뭐라고? 내가 물었다.
　드레스덴. 카밀로가 대답했다.

　나와 함께 있는 세쌍둥이 로마와 카밀로, 그리고 베로니카는 예술가 집안에서 태어나 대를 이어 예술가가 되었다. 나는 그들을 그날 저녁 낭독회에서 만났다. 화가이자 시인, 조각가이자 댄서, 현대미술 평론가이자 인디영화 감독인 세쌍둥이가 늘어놓는 고상한 대화에 나는 솔직히 끼어들 엄두조차 내지 못했다. 아니 나는 아까 최××가 들려준 예술의전당 — 헤이트 애슈버리 웜홀설에 대한 생각에서 헤어나오지 못하고 있었다. 그러다가 문득 내 앞에 새롭게 놓인 드라이 마티니 잔을 바라보며 깨달았다. 아무도 내가 여기에 있기를 바라지 않는다는 사실을 말이다. 물론 내가 꺼져주기를 바라는 것도 아닌 듯했지만.
　내 친구 미셸은 경찰이야. 로마가 말했다.
　그 애는 알제리에서 태어났어. 프랑스어가 유창해. 목소리가 진짜 좋아. 그 애는 아주 달콤한 목소리로 범인한테 속삭인단 말이야. 있지, 난 한번 찍은 범인은 절대로 놓치지 않아.

로마가 계속 말했다.

그 애가 너무 유능해서 우리 동네에서는 범죄가 사라졌어. 그 애는 새하얀 배트맨이야. 물론 이건 명백히 인종차별적인 발언이지만 화내지는 마. 네가 화내기도 전에 내 입은 꿰매질 테니까. 아니 고무팩을 덮은 듯이 매끈하게…… 봐봐, 정말 그렇지?

정말 그랬다. 로마의 입은 사라지고 없었다.

굉장하다. 나는 감탄했다.

웜홀 얘기를 좀 해봐. 베로니카가 로마에게 말했다. 하지만 입이 사라진 로마는 더이상 말할 수가 없었다. 처절했던 레게 버전 스매싱 펌킨스의 노래가 끝나고, 사람들이 썰물처럼 가게를 빠져나가기 시작했다. 순식간에 모두가 모두를 향해 인사하고, 작별하는 분위기.

입이 사라진 로마를 먼저 집으로 보내고 남은 우리들은 다른 술집으로 가서 술을 마셨다. 술에 취해 기분이 좋아진 두 사람에게 공항까지 바래다준다는 약속을 받아냈다. 그러고 나서 베로니카와 카밀로가 집으로 돌아간 로마에 대해서 늘어놓는 가벼운 험담들, 로마의 기묘한 연애덤과 기묘한 집, 그녀가 손을 대면 순식간에 기묘해지는 온갖 기묘한 것들에 대한 설명에 건성으로 귀를 기울였다. 오전 2시 13분, 나는 카밀로의 오래된 토요타에 실려 호텔에 도착했다. 내일 봐, 잘 자, 카밀로가 손을 흔들었다. 내일 봐, 잘 자, 나 또한 그녀의 말을 녹음기처럼 반복하며 그녀를 짧게 포옹했고, 바로 그때 그녀가 아주 작은 목소리로 예술의전당 혹은 웜홀 혹은 헤이트 애슈버리라고 속삭이는 것을 놓치지 않았다.

낡은 엘리베이터의 문이 덜컹대며 열리는 즉시 덮치듯 나타난 쑥빛 카펫으로 빈틈없이 메워진 나른한 호텔 복도. 미로처럼 이어지는 복도 가장 끝 내가 묵는 손바닥만 한 방은 말끔하게 청소되어 있었다. 창을 열자 테라스 너머 커다랗게 뜬 달빛에 비친 요염하게 빛나는 십자가. 사이언톨로지 교회였다. 나는 표백제 냄새가 나는 빳빳한 침대로 뛰어드는 대신 티브이를 켰다. 킴 카다시안이 크리스 제너에게 뭔가를 설명하고 있었다. 그녀의 할리우드 악센트는 정말이지 사람을 멍하게 만드는 데가 있다. 클로이 카다시안은 요가를 하다 울음을 터뜨렸고, 다음 장면, 영혼을 빼앗긴 표정으로 거실로 입장하는 카니예 웨스트가 화면을 향해 말했다.

오마카세란 배움이다.

혹독한 수련이라 할 수 있지.

차디찬 밥알을 삼키며 현실의 쓴맛을 상기한다.

다음 순간 나는 기절하듯 잠들었고, 꿈속에서 나는 예술의전당 — 헤이트 애슈버리 웜홀에 들어 있었다.

웜홀의 내부

웜홀의 내부는 인디 극장이다. 상영되는 영화의 제목은 「함박눈」.

영화는 젊은 여자의 독백으로 시작한다. "베를린을 떠나기 3일 전 그를 만났다. 한국에서 기다리고 있을 여러 가지 기운 빠지는 일들에 대해서 본격적으로 고민하며 우울해하기 시작한 시점이었다. 새 직장을 찾기, 미래가 보이지 않는 6년짜리 연애, 얄팍한 통장 잔고, 꼬여버린 친구와의 관계, 만날 때마다 부쩍 늙어 보이는 부모님, 요즘 들어 한층 줄어든 머리숱과 대담하게 영토를 확장해가는 다크서클…… 마침내 나도 나이를 먹는군. 참 별일이 다 있네!"

첫 장면에서 그녀는 마스크팩을 얼굴에 붙이고 반신욕을 하고 있다. 이어 침대에 기대어 맥주를 마시며 잠시 행복해하던 그녀는 훌쩍이다가 잠든다.

다음 날, 그녀는 공허한 표정으로 집을 나선다. 흘러나오는 독백.

"날씨가 끝내주게 을씨년스럽다. 텅 빈 공원을 가득 메운 까마귀 떼를 홍해처럼 반으로 가르며 흑마법사가 등장하여 나에게 이상한 반지를 내민다고 해도 믿을 수 있을 것만 같다."

하지만 그런 신비로운 일이 일어나는 대신, 약속한 듯이 칙칙한 옷을 입고 사납게 자전거를 모는 베를린의 모범 시민들이 간간이 지나쳐갈 뿐이다.

배경음악으로 트래비스의 「The Fear」가 흘러나온다. 을씨년스러운 노래에 발맞추듯이 날씨는 기념비적으로 시궁창 같다. 그러다가 문득, 눈이 내린다. 눈은 곧 함박눈으로 변한다. 갑작스러운 함박눈에 사람들이 멈춰 선다.

한겨울의 황폐함과 지루함으로 죽어가던 도시는 갑자기 다정한 동화 속 공간으로 탈바꿈한다. 모두들 정다운

동무가 된 듯하다. 춤을 추는 어린아이들, 멈춰 선 채 서로의 눈을 바라보며 이야기하는 자전거 사람들, 새하얀 눈을 뚫고 나아가는 전차의 우아한 몸짓…… 여자 또한 약먹은 듯 온화한 표정을 지은 채 눈이 흩날리는 공원을 가로질러 남쪽으로 향한다. 환상적인 눈보라 속을 정신없이 걷던 그녀는 문득 너무 멀리 왔다는 것을 깨닫는다. 다행히도 공원 건너편에 불을 밝히고 있는 굉장히 다정한 분위기의 상점을 발견하는데 그것은 서점이다.

오래된 책과 진한 커피 냄새, 그리고 창밖으로 펼쳐진 눈의 세계에 둘러싸인 그 작은 서점은 그녀를 상냥한 디너파티에 초대받은 성냥팔이 소녀로 만드는 듯하다. 붉게 달아오른 얼굴로, 걸음마다 어깨에 쌓인 눈가루를 흩뿌리며, 그녀는 서점 한편에 자리한 바로 다가가 커피를 주문한다.

다음 장면, 커피를 받아 든 그녀는 건성으로 서점을 둘러본다. 그녀는 책에 별다른 관심은 없어 보인다.

다시 다음 장면, 지하에서, 그녀는 진지한 표정으로 책장을 훑어보는 아시아 남자를 발견한다. 남자는 여자가 자신을 바라보는 것을 눈치채고 더 구석의 서가로 숨어버리고, 그 행동에 여자는 상처를 받은 듯하다. 그런데 조금 뒤 그가 들어선 서가에서 와르르 책 더미가 무너져내리는 소리가 난다.

바닥에 쏟아져내린 책들을 난처한 표정으로 바라보는 남자.

"Can I help you?" 여자가 묻는다.

"No, thank you."

두 사람의 영어에는 한국어 악센트가 묻어난다.

여자가 잠시 망설이다가 책을 몇권 집어 그에게 내밀며 말한다. "여기요."

남자가 약간 기분 나쁜 듯한 표정을 지으며 손을 내민다. 여자가 다시금 상처를 입은 표정으로 그곳을 떠나려 할 때, 그가 고마워요, 다정한 한국어로 속삭인다.

웜홀의 외부이자 내부

나는 깨달았어. 내가 세상에서 제일 싫어하는 게 인디영화라는 걸. 인디영화 감독인 로마에게는 미안하지만, 걔는 지금 여기 없잖아? 암튼 나는 세상 거지 같은 인디영화가 상영되는 극장에 앉아 있었는데, 그게 바로 예술의전당 주차장 — 헤이트 애슈버리 웜홀이더군. 무슨 애

긴지 알겠어? 난 모르겠어. 하지만 믿게 되긴 했어. 웜홀이 진짜 존재한다는 사실을 말이야. 믿음이란 과연 신비롭지만 인간의 언어로는 설명이 불가능해. 그게 신이 존재한다는 증거인가?

내가 물었고 카밀로가 탐탁잖은 얼굴로 대답했다.

영화를 좋아하든 싫어하든 네 맘인데 그래도 영화를 과소평가하지는 말아줘. 현대사회에서 최고 수준의 종교적 착란은 영화를 통해서만 가능하단 말이야. 그리고 착란은 실재한다구. 인간세계에 영향을 끼친단 말이야. 근데 있잖아, 여기 코리아타운에 '베를린'이라는 서점이 있어. 네가 본 영화는 거기서 촬영한 거야.

거기가 베를린이 아니라 로스앤젤레스라고? 나는 물었다.

맞아, 통째로 로스앤젤레스에서 찍었어. 로마의 애인이 촬영감독이었는데, 감쪽같지? 나도 처음에는……

그게 진짜 베를린이 아니라고?

그래, 네가 깜빡 속은 거야.

카밀로가 운전대를 잡은 채 쌤통이라는 듯이 큰 소리로 웃어 젖혔다. 카밀로의 옆자리에는 베로니카가, 나는 뒷자리에 앉아 있었다. 석양이 지는 시간, 우리들은 LAX

공항으로 향하는 중이었다.

길가에 늘어선 팜트리들은 돈가루 냄새를 흩뿌렸다.

그 냄새에 속아 모여든 고아들의 눈물이 바다를 이루는 곳.

태양의 열기조차 선물(先物) 지수로 환산 가능한 곳.

천사들, 아니 사기꾼들의 도시, 로스앤젤레스.

사방에서 들려오는 하이피치톤의 목소리에서 그들의 존재를 느낄 수 있었다.

나는 수다스러운 천사 혹은 사기꾼들의 목소리를 환청으로 들으며 생각했다. 러시아워의 차도를 가득 메운 반짝이는 자동차들, 바퀴벌레의 날개처럼 반들반들한 보닛을 자랑하며 달려나가는 저 자동차들이 혹시 날아갈 수는 없나?

웜홀에선 가능해. 베로니카가 말했다.

그렇겠지?

하지만 웜홀에서는……

베로니카가 말을 이었고, 나는 생각했다. 우리가 지금 나누는 대화가 대체 뭘까? 완전한 무용지물. 사상적 대실패. 나의 뇌 속에는 아무것도 들어 있지 않아요, 제발 나를 집단농장으로 보내지 말아주세요? 아하, 우리는 다 함께

절벽을 향해 피리를 불어대는 사기꾼이자, 그 사기의 최대 피해자이자……

문득 어제 최××가 했던 이야기 가운데 하나가 떠올랐다.

내 나이 어느덧 66, 이제야 대학원에 들어갔지 뭐냐. 거기에서 요정 같은 어린 친구들을 사귀게 되었지 뭐냐. 막 빚어 나온 듯 보들보들한 살갗이 느껴질 때마다 범죄자가 된 느낌이었지. 즉 이렇게 늦게라도 대학원에 들어갈 가치가 있었던 거야.

그러니까 최××는 늦은 나이에 로스앤젤레스로 유학을 온 거군.
전공이 뭘까? 혹시 요즘 로스앤젤레스의 대학교/지식인/아티스트 커뮤니티에서는 웜홀 이론이 유행 중인 걸까?
나는 최××가 다시금 웃겨져서 텔레비전으로 돌아오기를 기원했다. 하지만 일은 그렇게 해피엔딩이 아닐 수도 있다. 그는 웜홀에서 길을 잃은 채 영원히 헤매게 될지도 모른다. 그렇게 생각하자 젠장 슬펐다. 왜냐하면 나도 비슷한 처지가 된 것 같아서.

나는 한껏 슬픔을 과장하며 차창 밖을 바라보았다.

펼쳐진 석양의 빛깔은 레몬 홍차처럼 요염하고 이국적이었다.

카밀로, 속도를 높여.

베로니카가 명령했다.

오늘이 내 제삿날인가봐. 나는 중얼거렸다. 어쩌면 자유로워지겠지. 물론 높은 확률로 뒈……

핸들에서 손을 떼!

베로니카가 소리쳤다.

카밀로가 핸들에서 손을 뗐다. 그러자 놀랍게도 차가 날아가기 시작했다. 카밀로가 웃음을 터뜨렸다. 베로니카도 웃기 시작했다. 나도 웃지 않을 수 없었다. 하하하하. 왜 몰랐을까? 로스앤젤레스에서는 모든 게 가능하다는 걸. 로스앤젤레스, 꿈의 도시, 꿈의 공장, 꿈의…… 바로 그 로스앤젤레스의 가장 내밀한 악몽, 즉 꿈을 둘러싼 사상적 로맨스의 다크사이드, 우리 세 사람은 경찰들의 가장 속 깊은 환상 속으로 들어가는 중이었다.

기분이 어때? 베로니카가 물었다.

나는 아무 말도 하지 않았다.

마법 같니? 무섭지? 근데 괜찮아, 떠오르는 것뿐이라구.

나는 아무 말도 하지 않았고 베로니카가 계속 말했다.

이쯤에서 고백할게. 우리가 지금까지 나눈 말들이 죄다 거짓말이라는 걸, 우리가 함께 나눈 술잔들이 통째로 사기였다는 걸.

알아. 내가 말했다.

미안해,

하지만 로스앤젤레스 같은 기후 환경에서는 거짓말을 하지 않기가 무지 힘들어.

아니면,

우리가 함께 나눌 노을이 부족했기 때문일까?

근데 진짜,

우리가 함께 나눌 노을이 부족했을까?

(됐어, 잊자. 지금 늘어놓는 말도 죄다 거짓말이니까.)

그래, 잊자, 전부 잊고, 날자, 미안하다고 말하지 말자, 어차피 거짓말이니까, 이해한다고 말하지도 말자, 죄다 거짓말이잖아, 죽이고, 짓밟고, 비웃고 싶다고 말하지도 말자, 진심이라니 너무 민망하잖아, 근데, 네가 지금 이 도시에 있다는 것도 거짓말이잖아?

이제 너는 도시를 만들어.
그럼 나는 부술게.
그렇담 반대로
내가 도시를 만들면 넌 그걸 부술 거야?
아무튼 그렇게 탄생한 도시가 있다고 쳐,
오직 관념 속에만 존재하는 로스앤젤레스가.
우리가 그 관념을 나눈다고 쳐.
넌 덜 외로워질까?
환상이 네 숨통을 틔워줄까, 아니 점점 더 넌…… 패셔 너블해질 뿐이겠지, 그렇게 반짝반짝해져서는 내 뺨을 때리고 아이폰을 바다에 던지고 내 차를 훔쳐서 달아나겠지.

그래 맞아, 죄다 거짓말이야.
근데 솔직히 넌 완전히 믿고 있었잖아?

그러니까 제발 인정해, 네가 졌다는 걸.

포기해, 부탁이야, 그리고,

석양이 질 때까지만 날 사랑해줘……

웜홀의 내부이자 외부이자 내부이자……

마침내 도착한 LAX 공항은 거대한 인디 극장이었다. 어젯밤 꿈/웜홀에서 보았던 영화 「함박눈」의 후반부가 상영되고 있었다.

어느새 눈이 그치고 두 사람은 공원을 산책하고 있다. 여자는 담배와 차갑게 식은 소시지빵을, 남자는 담배와 김이 모락모락 나는 블랙커피를 들고 있다. 남자는 그 서점에 들른 것이 완전히 우연이라고 설명한다. 독일에서 유학 중인 친한 대학 동창이 놀러 오라고 거듭 청하여 어렵게 회사에 휴가를 내고 놀러 왔더니 막상 그는 새로 사귄 독일 친구들과 놀러 다니느라 정신이 없어서 완전히 버려진 상태라고.

"혼자서는 잘 못 지내는 타입이신가봐요?" 여자가 묻는다.

"10년 넘게 혼자서 살았더니, 외로움을 많이 타게 되었나봐요……" 남자가 대답한다.

"결혼하셔야겠어요." 여자가 말한다.

"그러지 않아도 여자친구가 재촉을 하는데……" 그는 말끝을 흐리며 고개를 숙였다가 다시 들더니 여자를 향해 어두운 표정을 짓는다.

"결혼하기 싫으세요?"

"당연히 하고 싶죠, 저는 그저……"

"그저 뭐요?"

"서로에게 짐만 되는 게 아닐까 싶어서." 그가 여전히 어두운 표정으로 허공을 바라본다.

그리고 한동안 어색한 침묵이 이어진다.

"오늘 기분이 안 좋으신가요?" 남자가 묻는다.

"그렇게 보이나요?" 여자가 묻는다.

"글쎄. 혈색은 좋아 보이시는데……"

여자가 어이없다는 듯 남자를 바라본다. 남자가 어색한 미소를 짓더니 말한다.

"맥주 한잔하실래요?"

여자가 심각한 눈빛으로 남자의 얼굴을 빤히 들여다보다가 말한다.

"저한테 왜 이러세요?"

"네?"

"꼭 제 남자친구 같아요."

"제가요?"

여자는 말없이 남자를 노려본다.

"실례지만 무슨 뜻인지……"

"아무 뜻도 없어요. 그냥 그렇다고요."

두 사람은 나란히 담배를 피우면서, 한껏 어색하게, 눈앞에 펼쳐진 끝없는 허공을 바라보며 걷는다. 새로이 나타난, 하지만 지나쳐 온 공원과 완전히 똑같은 공원을 두 사람은 일정한 속도로 한바퀴 돈다.

"베를린에는 어떻게 오셨어요?" 그가 묻는다. 그의 시선은 멀리 날아가는 까마귀 떼에 향해 있다.

"그냥. 여행이요."

"언제 돌아가세요?"

"월요일이요."

"그래요?"

"네."

"나도 그날 돌아가는데."

"오전 11시 5분, 루프트한자." 여자가 말한다.

"나도!" 그가 들뜬 목소리로 외친다. "신기하네!"

"그런가."

"그렇죠."

"되게 좋아하시네요."

"안 신기하세요?"

여자가 잠시 생각한 뒤 말한다. "이게 신기해지려면요, 이게 정말로 신기한 일이려면 앞으로 우리 사이에, 뭔가, 뭔가 마법 같은 일이 일어나야 하는 거잖아요? 근데 그럴 리가 없죠."

"없을까요?" 남자가 묻는다.

"네." 여자가 단호하게 대답한다.

"정말로 없을까요?"

"없다니까요."

"정말로?"

"정말."

"진짜?"

"……"

마지막 장면. 공항의 맥도날드, 케첩과 프렌치프라이의 냄새 속에서, 한 손에 티켓과 여권을 든 채, 발치에 놓인 커다란 트렁크를 바라보며 여자는 서 있다. 이어지는 독백. '뭔가 정말 신기한 일이 일어날까? 내 인생에 그런 일이 일어나는 날이 있을까?'

여자의 호기심 어린 눈동자가 화면을 응시하고, 나는 최면에 걸린 듯한 표정으로 중얼거렸다. 뭔가 신기한 일이 일어나는 그런 날이란 바로 오늘을 말하는 거겠지. 그렇다. 나는 내가 웜홀에 갇히고 말았다는 것을 깨달았다.

베로니카?

카밀로?

두 사람은 사라진 지 오래였다. 웜홀 깊숙이 빨려들어가버린 것이다. 아아 안 돼…… 나는 입을 잃어버린 로마와 그녀의 친구 미셸에 대해 생각했다. 대단한 경찰 미셸이 우리를 구하러 올 수도 있지 않을까? 나는 내가 아는 모든 프랑스어를 총동원하여 기도했다. 제발 우리를 구하러 와줘…… 그리고 더 나아가 온 세상에서 범죄가 사라

지기를, 온 인류에게 평화와 행복이 찾아오기를, 복된 세
상의 영원한 도래를, 기타 등등 온갖 거대한 것들을 마구
잡이로 기원했다. 나의 원대한 소망을 널리 전파하기 위
해서라도 온 힘을 다해 이 웜홀을 탈출해야겠다고 생각
해보지만 도대체 어떻게? 출구가 있기는 한가? 이게 대체
뭐야? 웜홀이라니! 세상에. 벌레 구멍? 참 나! 극장? 오,
씨발.

손을 쓸 새도 없이 새로운 영화가 시작되었다.

이번에도 주인공은 한국 여자다. 그녀가 웨스트 할리우
드에 도착한 것은 늦은 오후. 여자는 호텔에 체크인한 뒤
늦은 점심을 먹기 위해 거리로 나선다. 그녀는 호텔 맞은
편에 있는 초밥집에서 수상하고 옷 잘 입은 젊은 남자를
만나게 된다.

"내가 어떤 사람 같아?" 남자가 묻는다.

"나쁜 사람." 여자가 그의 팔뚝에 채워진 번쩍이는 롤
렉스 시계를 바라보며 대답한다. "범죄자. 마약 딜러. 사
기꾼…… 시인. 영화감독. 소설가. 기자. 교수. 의사……"

남자가 웃으며 자기는 이제부터 무조건 거짓말을 늘어

놓을 것이고, 그 거짓말을 너는 믿는 수밖에 다른 방법이 없을 거라고 말한다. 여자가 고개를 끄덕인다.

오마카세란 배움이다. 혹독한 수련……

어느새 내 옆에는 최××가 앉아 있었다.

나는 말했다. 제발 닥치세요.

어쩔 수가 없었어, 혼자서 여기에 있기엔 너무나 외롭거든.

대학원은요?

진작에 때려치웠지.

한심한 새끼!

용서해줘.

싫어요, 안 할 거예요. 죽을 때까지 용서 안 할 거야!

나는 갑자기 너무 화가 나서 그를 때리기 시작했다.

내놔요!

뭐를?

여기서 빠져나갈 방도를!

그걸 알면 진작에 빠져나갔겠지!

내놔! 내놔!

그러지 말고……

안 내놓으면 죽일 거야! 진짜 죽여버릴 거야!

그렇게 외치며 마구 때리자 어느 순간 그가 뭔가로 변하기 시작했다. 새하얗고 매끈하고 길쭉한…… 웜홀이었다. 웜홀의 정체는 다름 아닌 최××였던 것이다. 그는 인간의 탈을 쓴 웜홀이었던 것이다. 나는 인간 웜홀과 마주치고 만 것이다. 나는 계속해서 괴성을 지르며 주먹으로 그를 세게 때렸고 발로 걷어찼고 이로 물어뜯었다. 그러자 점차 그의 색이 변했다. 분홍빛으로, 주홍빛으로, 진홍빛으로, 새빨간 빛으로, 보랏빛으로, 아주 잠깐 연둣빛으로, 그러다가 갑자기 천둥 번개가 치더니 반으로 쪼개져 동서로 펼쳐지더니 거대한 노을이 되었다. 다음 순간, 핏빛 노을을 배경으로 나는 카밀로의 차에 탄 채 공항으로 향하고 있었다. 카오디오에서는 샤키라의 「Whenever, Wherever」가 흘러나왔다. 베로니카가 그 노래를 크게 따라 불렀다. 카밀로가 백미러 너머 나를 향해 윙크했다. Whenever, wherever, we're meant to be together, I'll be there, and you'll be near, and that's the deal, my dear……

*

    시간에 딱 맞춰 공항에 도착했다. 카밀로, 베로니카와 다정하게 작별 인사를 나누었다. 출국 과정은 순조로웠다. 나는 비행기를 기다리며 공항의 맥도날드, 케첩과 프렌치프라이의 냄새 속에서, 한 손에 티켓과 여권을 든 채, 발치에 놓인 커다란 트렁크를 바라보며 서 있었다.

*

    비행기는 정시에 이륙했다. 아무 문제도 없었다. 나는 식사를 기다리며 생각했다. 여기는 웜홀의 내부일까, 아니면 외부일까?

*

    한국으로 돌아오고 며칠 뒤 지하철을 타고 예술의전당으로 갔다. 주차장 구석구석을 샅샅이 뒤져보았다. 웜홀 같은 건 어디에도 없었다.

*

얼마 뒤 최××가 텔레비전에 나왔다. 그의 농담은 전혀 웃기지 않았으며 전반적으로 엄숙하고 어딘지 모르게 사기꾼 같은 아우라를 풍겼다. 하지만 사람들의 반응은 아주 좋았다. 그의 복귀는 대성공이었다. 그리고 나는 더이상 그에게서 매력을 느끼지 못했다. 그 뒤로 가끔 텔레비전 치킨 광고에 나와 굶주린 듯, 혹은 거북한 듯, 탐욕스러운 눈빛으로 닭다리를 뜯는 그를 보며 난 생각했다. 웜홀은 파괴된 걸까. 그는, 아니 나는 현실로 돌아오는 데 성공한 걸까.

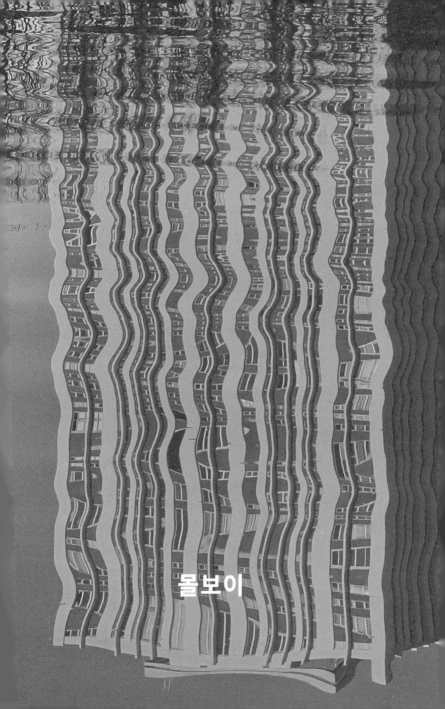
몰보이

아이가 들여다보는 아이패드 화면에는 커다란 백색 악어가 어린 소녀를 집어 삼키는 장면이 떠올라 있었다. 햇살에 눈부시게 번들거리는 매끈한 백색 악어의 피부는 길쭉하게 잘 빠진 롤스로이스 리무진을 연상케 했으며 허공을 응시하는 백색 악어의 눈에서는 아무 감정도 의미도 읽을 수 없었다.

Are you a Mall Boy?

나는 아이에게 물었다. 아이가 귀엽게 눈을 깜빡이더니 내 쪽을 보았다. 그리고 아이패드 옆에 놓인 아이스 그린티라테에 꽂힌 빨대를 휘저었다. 음료를 휘저으며 나를 바라보는 아이의 쌍꺼풀 진 커다란 눈은 길고 빽빽한 속눈썹에 그늘져 있었다.

I don't understand.

아이가 말했다. 나는 뭔가 말하려다가 망설였고, 아이는 작위적인 몸짓으로 고개를 갸웃했다. 귀여웠다. 그 애는 자신이 하는 짓이 얼마나, 어떤 식으로 귀여운지, 그 효과를 시시각각 냉철하게 계산하는 것이 분명했다.

나는 미소 지었다. 그러자 아이도 방긋 미소 지었고, 그런 모습이 마치 LG 세탁기 광고에 나오는 아역배우 같았다.

EXCUSE ME?

그때 한 여자가 우렁찬 목소리로 외치며 다가와 아이를 끌어안았다. 그녀는 사나운 시선으로 나를 노려보았다. 여자의 피부는 햇살에 잘 그을렸고, 허리까지 닿는 검은 생머리는 숱이 풍성했으며, 허리는 한줌으로 가늘었다.

얘는 몰보이가 아니다. 나는 생각했다. 솔직히 그 애를 처음 봤을 때부터 그렇게 생각하고 있었다.

What is it? Who are you? What are you doing to……

여자가 가시 돋힌 목소리로 쏘아붙였고, 나는 조용히 카페를 빠져나왔다.

*

잠시 뒤 나는 몰 안에 있는 또다른 카페에 있었다. 아이스 그린티라테에 꽂힌 빨대를 휘저으며 창밖을 응시했다.

창 너머 펼쳐진 방콕 시내는 걸쭉한 오렌지빛 먼지에 갇혀 있었다. 태국 북부의 정글이 일주일째 불타오르고 있다고 했다. 나는 선희에게 바쁘냐고 메시지를 보냈다. 곧바로 답이 왔다. BUSY. 나는 답을 하지 않았다. 다시 메시지가 왔다. 저녁에 봐. 그래. 이번에는 답했다. 진수도 올 거야. 걔가 밥을 살 거야. 나는 다시 대답했다. 그래.

나는 휴대전화를 내려놓고 남은 음료를 비웠다. 선희가 말한 저녁까지는 네시간이 넘게 남아 있었다.

*

뭘 할까, 생각했다.

*

사실 생각할 필요가 없다. 몰은 거대하니까.

*

　　최근 몰에 대해서 내가 깨달은 것은, 사람들은 길을 잃고 싶어서 몰에 온다는 것이다. 스피드광의 은밀한 판타지가 치명적인 교통사고인 것처럼, 몰에 중독된 사람들이 원하는 것은 몰에서 영원히 길을 잃어 집으로 돌아갈 수 없게 되는 것이다.

　　*

　　나는 더 늦기 전에 늦은 점심을 먹기로 했다. 카페 건너편에 있는 크레이프 전문점에 들어갔다. 고트치즈와 포도, 시금치와 달걀을 곁들인 크레이프와 아메리카노를 주문하고 주위를 살폈다. 대체로 나이 든 커플들이 조용히 늦은 점심을 먹고 있었다. 옆 테이블에 누군가 놓고 간 『사우스 차이나 모닝 포스트』(*South China Morning Post*)가 있었다. 나는 그것을 집어들었다. 첫 페이지 아래쪽에 눈길을 끄는 기사가 있었다. 홍콩국립대학교의 심리학과 교수가 분석한 몰보이 현상에 대한 칼럼이었다.
　　그녀의 분석에 따르면 몰보이 현상이란 8~12세가량의

아이들이, 대체로 남자아이들이, 자발적으로 쇼핑몰에서 사라져 완전히 자취를 감추는 현상을 뜻했다. 이 현상은 최초에 방콕에서 시작되었으며, 이어 홍콩과 싱가포르, 쿠알라룸푸르로 퍼져나갔다. 최근에는 상하이와 도쿄, 하노이, 심지어 서울에서까지 나타났는데 그 원인으로 그녀는 (부모의) 아동학대를 지적했다. 높은 교육 수준을 갖춘 고소득의, 나르시시즘적 성향을 가진 미들클래스 부모가 21세기의 하이퍼 모던하며 초경쟁적인 환경에서 자식을 키울 때 발생하게 되는 현상으로서, 특정한 정신적 고립/절망 상태에 빠져든 아이들이 최신식 쇼핑몰과 미스터리한 정신적 반응을 일으켜, 몰 안에 자발적으로 자신을 가두게 된다는 것이었다. 신기한 것은 이렇게 사라지는 아이들을 찾는 데에 최신식 쇼핑몰의 최첨단 보안시스템이 완벽하게 무력하다는 것이다. 이에 대해 필자는 아이와 쇼핑몰 사이에 신비한 정신적 교감이 발생하지 않는 한 불가능한 것이 아닌가 물으며 칼럼을 끝냈다.

음……

나는 신문의 다른 면도 살펴보았다. 아주 평범한 종이

신문이었다. 물론 아주 평범한 종이신문 자체가 요즘 시대에서는 특이하게 느껴질 법하지만, 아무튼 신문 자체는 그랬다. 이렇게 평범한 신문에 저런 무책임한 사이비 같은 칼럼이 실려도 되는 걸까? 편집자는 아무 걱정도 안 들었을까? 어차피 요새는 아무도 종이신문을 안 읽으니까 신기한 종류의 언론의 자유가 생겨난 걸까? 알 수가 없었다. 왜냐하면 나는 평소에 도무지 종이신문을 안 읽으니까.

어쨌든 문제의 칼럼은 흥미로웠다. 왜냐하면 몰보이 현상에 나 또한 관심이 있기 때문이었다. 관심이 있다기보다는 나 또한 사라진 몰보이를 찾고 있기 때문이다.

방콕에서 사라진 아이들이 작년에만 13명이었다. 경찰은 완전히 무력했다. 그래서 부모들은 사라진 아이들을 찾으려고 자체적으로 많은 돈을 들여서 몰보이 탐정을 고용했다. 내가 어제 만난 부모도 같은 사례였다.

즉, 나는 완전 초짜 몰보이 탐정이다.

내가 찾는 아이는 13살 남자아이로, 몰보이치고는 나이가 많았다. 부모는 둘 다 중국계 말레이시아인인데 일 때문에 잠시 방콕에서 지내고 있으며 올가을에 싱가포르로 이주할 예정이라고 했다.

어제 저녁, 몰과 연결된 호텔 라운지 카페에서 그 아이의 부모를 만났다. 아이의 아빠는 위아래 모두 버버리의 체크무늬 트레이닝복을 입었고, 한정판 나이키 에어조던을 신었다. 엄마는 룰루레몬의 티셔츠와 레깅스에 갈색 에르메스 슬리퍼를 신었다.

여자가 커다란 발렌시아가 쇼퍼백에서 아이와 관련된 자료를 꺼내서 늘어놓았다. 내가 주문한 레몬티가 나왔을 때, 여자는 울기 시작했다. 아이의 아빠가 말했다. 아이가 사라진 지 13일이 되었다, 그런데 사라진 자신의 아들이 13살이라고. 13이라는 숫자가 그에게는 중요한 듯했다. 나 또한 동의하는 척 심각한 표정으로 고개를 끄덕였다.

여자가 이 일이 처음이냐고 물었다.

나는 해맑은 표정으로 고개를 끄덕였다. Yes.

여자가 다시 울기 시작했다.

남자가 여자를 다독인 뒤, 나에게 가격을 제시했다. 예상보다 훨씬 큰 액수였다. 나는 승낙했고 부모는 이런 조건을 제시했다. 전체 금액의 10퍼센트는 계약금으로 지금 즉시 지불하고, 아이를 찾고 난 뒤 나머지 90퍼센트를 지급한다. 매일의 활동비는 계약금과 함께 지급하는 신용카드로 대체한다.

나는 이 일을 해보는 것이 처음이었기 때문에 이것이 좋은 조건인지 아닌지 잘 몰랐다. 그에 비해 부모는 프로처럼 능숙해 보였다. 아이를 잃어버린 것이 한 열번은 돼 보였다. 물론 그럴 리는 없겠고, 주변의 동료 혹은 전문가에게서 여러가지 조언을 얻은 거겠지.

남자가 두툼한 계약서를 꺼냈을 때, 높은 굽의 하이힐이 일정한 속도로 대리석 플로어를 내리찍는 소리가 카페 가득 울려퍼졌다. 곧 늘씬한 여자가 우리 앞에 멈춰 섰다. 오십대 정도로 보이는, 아주 잘 그을린 피부와 긴 생머리의, 남색의 타이트한 정장 투피스에 스킨톤의 하이힐을 신은 그녀는 아이의 부모가 선임한 변호사였다.

그녀는 아이 엄마인 여자를 힘껏 껴안으며 늦어서 정말 미안하다고 말했다. 그녀가 구사하는 완벽한 문법의 영국식 영어는 잠깐만 들어도 숨이 막혀오는 느낌이었다. 아이의 엄마는 실제로 숨이 막혀오는 듯 잠시 꺽꺽대며 울었다. 하지만 이내 평정심을 되찾았고, 마침내 우리는 계약서를 주고받았다. 여러 페이지에 사인, 사인, 사인, 그리고 마지막 페이지에 주소와 인적사항을 적고 다시금 사인한 뒤 나는 계약금이 든 봉투와 신용카드, 그리고 아이에 대한 정보가 가득 들어 있는 발렌시아가 쇼퍼백을 통째로 건네받았다. 그들이 먼저 떠났고, 나는 남아서 다 식은 레몬티를 천천히 비웠다. 그리고 묵직한 발렌시아가 쇼퍼백을 들고 몰로 돌아왔다.

*

몰로 돌아와 내가 가장 먼저 한 일은, 새 운동화를 사는 것이었다. 그리고 티셔츠 몇장과 레깅스를 샀다. 계산은 아이 부모에게 받은 카드로 했다. 나는 화장실에 가서 새 스니커즈로 갈아 신고 원래 신고 있던 낡은 운동화를 버렸다. 그리고 새 티셔츠와 레깅스로 갈아입고 입고 있던 옷은 쇼핑백에 넣었다.

*

크레이프를 다 먹고, 아메리카노를 비우고, 식당을 나섰다. 『사우스 차이나 모닝 포스트』는 원래처럼 옆 테이블에 올려두었다. 그리고 몰을 가로질러, 몇번인가 에스컬레이터를 바꿔 타고 서점으로 향했다.

서점은 한산했다. 나는 아트 섹션으로 향하여 가판대

위에 가득 쌓인 화집들 가운데 하나를 펼쳤다. 사실 나는 미술에 아무 관심도 없었다. 솔직히 책에는 아무런 흥미도 없었다. 하지만 몰에 올 때면 거의 항상 서점에 들르고, 아트 섹션으로 가서 여러 화집들을 차례로 펼쳐본다. 거기엔 아무런 이유가 없다. 하지만 분명히 어떤 의지가 작동하고 있는 것이다. 뭔지는 알 수 없지만.

몰보이 현상도 비슷한 게 아닐까.

몰에 들어서고, 사라진다.

몰에 들어서자, 사라진다.

몰에 들어서라, 사라져라.

*

사라져라.

*

사라진 아이의 이름은 클레이 콴. 말레이시아 페낭 출생. 또래에 비해서 큰 키, 쌍꺼풀 진 큰 눈, 왼쪽 팔꿈치에 큰 점이 있다. 수줍음이 많다. 눈웃음이 예쁘고 수영을 아주 좋아함. 여자가 준 자료에 아이가 수영 대회에서 우승하여 트로피를 들고 있는 사진이 있었다. 환하게 미소 지은 아이의 감정 없는 눈동자에서 나는 문득 아까 보았던 소녀를 잡아먹는 백색 롤스로이스 악어를 떠올렸다. 악어는 수영을 잘하겠지?

*

3년 전 봄, 대학교 졸업과 동시에 코로나19 유행이 찾아왔다. 그때 나는 대형 여행사에 합격해 3월부터 출근을 할 예정이었다. 출근 바로 전주에 회사에서 연락이 와, 입사가 무기한 연기되었다고 알려왔다.

두달 동안 밖에 나가지 않았다.

부모님이 자주 다투었다.

나는 각종 비타민을 사들이는 습관, 아니 집착이 생겼다.

작년 12월, 여행사에서 연락이 왔다. 나는 굉장히 놀랐는데, 그 전화를 받고 나서야 그동안 내가 얼마나 달라졌는지, 아니 망가졌는지를 깨달았기 때문이다. 그러고 나서 며칠 뒤에 부모님이 별거를 하기로 결정했다고 말했다. 지금 사는 집을 월세로 내어주고, 같은 아파트 단지의

다른 동에 있는 작은 집으로 각각 이사를 나가기로 했다
는 것이다. 나는 다시금 놀랐는데, 왜냐하면 최근 두 사람
은 전보다 사이가 좋아 보였기 때문이다. 실제로 둘은 전
보다 사이가 좋아졌다고 했다. 바로 그런 이유로 별거를
하기로 마음을 먹었다는 것이다.

그럼 나는?

내가 물었다.

너도 이제 독립해야지.

아빠가 말했다. 엄마는 식탁에 앉아 (눈에 좋은) 블루
베리를 먹으며 스마트폰을 들여다보고 있었다.

내가? 왜? 어떻게?

남은 시간 동안 바로 그 점에 대해서 고민해보는 거야.

나는 아무 말도 하지 않았다.

암튼 엄마랑 아빠는 3월에 이사를 나갈 거니까.

아빠가 말했다. 나는 여전히 아무 말도 하지 않고 속으
로만 생각했다.

나는 이제 고아가 되는 거구나. 우와.

*

졸업과 동시에 집에 처박히게 된 나는 SNS, 특히 인스타그램에 중독되었다. 유치원 동창, 초등학교 동창, 중학교 동창, 고등학교 동창, 대학교 동창을 모조리 인스타그램으로 검색해보았다. 그렇게 해서 찾아낸 수십명의 동창들 가운데 선희는 내가 가장 즐겨 보게 된 네명의 인스타그램 동창생 가운데 하나였다. 사실 선희와 나는 별로 친하지 않았다. 선희와 친한 친구가 나와 같은 아파트 단지의 같은 동에 살아서 마주친 적은 자주 있었다. 그나마 대학교에 들어간 뒤로는 본 적이 없었다. 그리고 수년이 지나 인스타그램을 통해 만난 그녀는 행복해 보였다.

그녀는 방콕에서 지내고 있었다. 사진 속 방콕은 항상 여름이고, 하늘이 맑았다. 코로나19로 한동안 사진이 뜸했는데, 최근에는 다시 잘 지내는 것 같았다.

부모님이 별거를 선언하자 혼란에 빠진 나는, 그러니까 엉겁결에, 솔직히 술에 아주 많이 취해서 선희에게 인스타그램 DM을 보냈다. 신기하게도 아주 빨리 답이 왔다. 그 애는 나를 기억한다고 했다. 심지어 최근에는, 무슨 이유인지 모르지만 내 생각을 잠깐 하기도 했는데, 그리고 나서 신기하게도 내가 자신의 꿈에 나왔다고 했다. 우리는 서로의 연락처를 교환하고 카톡으로 잠깐 이야기를 나누었다.

진짜 네가 내 꿈에 나왔다니까. 근데 이렇게 연락이 온 거야.

선희가 말했다.

미안, 내가 너 인스타그램을 너무 많이 봐서 그래.

내가 말했다.

맞아, 인스타그램 좀 무서워.

우리는 예상외로 말이 잘 통했는데, 내가 추측하기에 그 애나 나나 영 딴 데 살고 있었기 때문인 것 같았다. 아니면 서로에 대해서 그렇게 생각하는 것이 아닐까? 나에게 그 애는 인스타그램을 가득 채운 근사한 방콕의 이미지들과 다르지 않았고, 그 애한테 나는 어린 시절 추억의 환영과 구별되지 않았다. 그러니까 이미지와 환영이 만난다면?

카톡을 주고받은 지 열흘쯤 지나, 나는 선희에게 방콕에 가고 싶다고 말했다.

*

솔직히 나는 이렇게 생각하고 있다. 내가 방콕에 와서 몰보이 탐정이 된 것은 운명이다. 왜냐하면 나는 사라짐의 비밀을 알고 있기 때문이다. 왜냐하면 나는 사라지기 위해 방콕으로 왔기 때문이다. 선희도 그걸 안다. 그래서 나한테 이 일을 맡긴 것이다. 선희는 나를 잘 안다. 그런 느낌이 든다. 나의 부모보다, 누구보다도 나를 더 잘 알고 있다는 그런 느낌이 든다. 왜지?

*

선희는 몰에 있는 한 고급 살롱에서 피부관리사로 일한다. 그녀는 실력이 아주 좋고, 자격증도 많다. 여러가지 신기한 종류의 피부관리 기계를 능숙하게 잘 다룬다. 그녀의 단골손님 가운데는 엄청난 부자와 연예인도 있다. 하지만 그렇게 돈을 많이 버는 것은 아니라고, 선희는 말했다.

선희의 꿈은 돈을 모아서 서울 한남동에 럭셔리 스파숍을 차리는 것이다.

그럼 한국으로 돌아가는 거야?

나는 물었다.

아니아니. 왔다갔다 할 거야.

그렇군. 나는 생각했다. 선희는 굉장히 스마트하다.

*

늦은 오후, 몰 앞에 있는 요트 선착장 근처에 앉아 해가 지는 것을 바라보았다. 선착장에는 쉴 새 없이 크고 작은 모터보트들이 도착하고 떠나갔다. 사람들이 실려오고 또 실려간다. 배가 멀어지고 다시금 가까워진다. 사물들이 다가오고, 다시금 멀어진다. 열기 속에서 모든 것이 나타났다가 사라진다. 열기 또한 사라진다.

*

사라진다.

*

약속 시간이 거의 다 되어 선희가 일하는 살롱으로 갔
다. 살롱 앞 벤치에 앉아 있는데 진수가 나타났다. 그는 아
까 낮에 보았던 클레이 콴의 아버지가 입었던 것과 비슷
한 체크무늬 후드 티셔츠에 아이보리색 반바지를 입고 있
었다. 그는 애플 블루투스 헤드폰을 벗은 뒤, 내 어깨를 슬
며시 감싸안으며 옆에 앉았다.

어떻게 됐어? 잘됐어?

진수가 물었다. 어제 클레이 콴의 부모를 만난 일에 대
해서 묻는 것이었다. 나는 클레이의 아버지가 그와 거의
비슷한 체크무늬 트레이닝복을 입고 있었다고 말했다. 그
가 씩 웃었다.

젊어? 부자야?

그가 물었다.

솔직히 둘 다 나보다 어려 보이는 것 같애.

나는 대답했다.

그가 건성으로 고개를 끄덕이고는 시간을 확인한 뒤
다시금 헤드폰을 썼다. 나는 자리에서 일어나며 화장실을
가리켰다. 그가 고개를 끄덕였다.

*

진수는 방콕에서 산 지 10년이 넘었고, 영어와 태국어가
유창하다. 취미는 고급 슈퍼마켓에서 장을 보는 것, 그리고
요리다. 그는 3년 전, 코로나19 유행이 시작되기 직전 선희
를 만났다. 만난 지 얼마 안 되어서 두 사람은 함께 살기 시
작했다. 그는 원래 한국계 무역회사에서 일했는데, 회사에
서 친해진 외국인 동료 두 명과 함께 작년 말 수쿰빗에 대
마초 가게를 차렸다. 그는 선희의 단골 고객들에게 질 좋
은 대마초를 공급한다. 장사가 꽤 되는 편이라고 했다.

*

선희는 정해진 시간보다 30분 늦게 퇴근했다. 아주 중
요한 손님이 있었다고 선희는 설명했고, 미안하다고는 절
대 말하지 않았다. 그러고 나서 우리 셋은 재빨리 몰을 빠
져나가 진수의 혼다 오토바이를 타고 수쿰빗에 있는 삼겹
살집으로 갔다. 우리는 삼겹살에 김치찌개, 달걀찜, 그리
고 소주와 맥주를 마셨다. 나는 두 사람에게 클레이 콴에
대해서 이야기했다. 두 사람은 내 이야기를 진지하게 들

어주었다. 선희는 담배를 많이 피웠고, 진수가 클레이 콴에 대한 해석을 시도했다.

그 나이대 남자애들이 원래 좀 복잡한 데가 있어.

뭐가 복잡한데?

내가 물었다.

그게…… 참 설명하기가……

진수가 난감한 표정으로 소주를 한입에 털어넣었다.

웃기네. 남자애들은 단순해.

선희가 말했다.

너무 단순해서 조금만 상황이 복잡해져도 돌아버리는 거야.

선희가 한 손으로 긴 머리카락을 쓸어넘기며 그렇게 단언했다.

그런 게 아니야. 너는 진짜 남자를 몰라.

진수가 상처받은 표정으로 선희를 바라보았다. 선희가 웃었다. 그녀가 나를 보며 말했다.

이거 봐, 내 말이 맞지?

그러고는 담배를 비벼 끄고 소주를 한병 더 주문하며 말했다.

남자애들은 진짜로 단순해. 왜냐하면……

선희야 너는 그게 문제야.

뭐가?

넌 상황을 너무나 단순화해.

원래 현실은 아주 심플한 거야.

진수가 한숨을 쉬었다. 선희가 새 담배에 불을 붙이고 말했다.

진수야 너는 매사에 너무나 진지해. 그게 니 문제야, 이 씨발새끼야.

선희가 욕을 하기 시작했다는 것은, 그녀가 취했다는 증거다. 선희가 취하면 큰 문제가 생겨날 수 있다는 걸 진수와 나는 경험을 통해 알고 있었다. 우리는 재빨리 눈빛을 교환했다. 나는 선희가 주문한 소주를 취소했다. 진수가 밥값을 계산했고, 우리는 함께 선희를 일으켜 세웠다.

*

선희와 진수, 그리고 나는 도둑들처럼 불 꺼진 진수의 대마초 가게로 은밀하게 들어섰다. 진수가 불을 켜고 바닥을 쓸고 가판대를 닦는 동안, 나와 선희는 가게 뒤편 공터로 나가 아주 약한 조인트 한대를 나누어 피웠다. 진수의 꼼꼼한 청소는 계속되었고, 선희는 담배에 불을 붙이고 누군가에게 전화를 걸었다. 나는 가게로 돌아와 진열대 구석에 놓인 대마초 젤리 한봉지를 훔쳤다.

*

나는 한 손에 시칠리아산 레몬을 올려놓은 채, 가득 쌓인 색색의 과일들을 바라보고 있었다. 오렌지, 살구, 키위, 체리, 사과, 라즈베리, 딸기, 배, 바나나……

그리고 다시금 내 손바닥에 놓인 레몬을 바라보았다.

나는 레몬이 주렁주렁 나무에 매달려 있는 장면과 그것들이 남김없이 갈려서 레모네이드가 되는 장면을 상상했다.

레몬들이 갈려나가며 합창했다. 레모네이드가 되는 거야. 레모네이드가 되어 사라지는 거야. 그게 클레이 콴이 원하는 거야.

그런 게 아니야.

그 나이대 남자애들은 좀 복잡해.

나는 말했다.

레몬들이 웃었다.

레모네이드가 되어 사라지는 것은 기분이 좋아. 그게 클레이 콴이 원하는 거야……

아니, 그게 그런 게……

하지만 너는 절대 못 찾아. 그 애가 원하는 건 사라지는 거라구!

내 눈앞에 레모네이드와 얼음으로 가득한 늘씬한 유리잔이 나타났고, 그 안에 클레이 콴이 들어 있었다.

클레이, 얼른 나와. 너는 레모네이드가 아니야!

나는 소리쳤다.

클레이는 대답하지 않았다.

나는 유리잔에 손을 넣어 휘저었다. 그러자 클레이 콴이 사라졌다.

클레이 콴이 레모네이드 속으로 사라졌다? 레모네이드가 되었다?

그렇담, 나는 생각했다.

그 애의 부모한테 뭐라고 말해야 하나. 당신네 아들은 레모네이드 속으로 사라졌습니다? 레모네이드가 되어 사라져버렸습니다?

흑흑흑. 다시는 돌아오지 않습니다. 흑흑흑흑.

흑흑……

그때였다. 진수가 내 손을 잡았고, 나는 정신을 차렸다.
그의 장바구니는 가득 차 있었고, 만족스러운 미소를 짓
고 있었다. 나는 손에 들고 있던 레몬을 이미 꽉 찬 그의
장바구니에 조심스레 올려놓았다.

레모네이드? 좋지!

진수가 말했다.

계산을 끝내고 우리는 함께 밖으로 나갔다. 선희가 길
건너편에서 불만 가득한 얼굴로 담배를 피우고 있었다.

*

선희는 슈퍼마켓을 싫어한다. 장 보는 것도 싫어하고
요리하는 것도 싫어한다. 하지만 무엇보다 슈퍼마켓을 싫
어한다. 그래서 진수와 가끔 싸우는데, 하지만 슈퍼마켓
을 싫어한다는 것은 건강하다는 증거라고 진수는 어느 날
인가 술에 잔뜩 취해서 말한 적이 있었다.

난 선희의 그 건강함을 사랑해.

진수가 말했다.

피식, 선희가 비웃으며 진수를 아래위로 훑었다.

바로 저 건강함. 그것을 사랑하는 것이다!

한편 슈퍼마켓을 좋아한다는 것은 약간 병들었다는 뜻이라고 역시 취한 진수는 말했다. 그리고, 따라서, 진수는 약간 병들었다. 그것을 진수 자신도 인정한다. 그리고 바로 그 점을 선희는 사랑하는 것이다.

건강과 병, 병과 건강, 진수와 선희는 서로의 그러그러한 면들을 사랑한다. 둘은 아주 잘 어울리는 커플이다.

그런 두 사람을 나는 거의 존경한다.

*

우리는 진수의 오토바이를 타고 집으로 향했다. 나는 한 손에 레몬을 든 채, 선희의 등에 기대어 있었다. 오토바이는 기분 좋은 속도로 달려나갔다. 미지근한 밤바람이 내 뺨을 쓰다듬었다. 선희의 등은 부드럽고 좋은 냄새가 났다. 진수는 이름 모를 노래를 흥얼거렸고, 선희의 손에는 담배가 들려 있었다. 그리고…… 우리의 장바구니는 가득 차 있었다.

　그러니까 나는 안전했다는 말이다.

　　　　　　　　　＊

　……그리고 열대의 밤은 식을 줄 몰랐다. 길가에 늘어
선 나무들은 지쳐 보였지만, 언제나처럼, 그것조차 내가
느끼는 평화의 감정을 북돋았다. 주위를 달려가는 오토
바이들, 자동차, 취한 관광객들, 부랑자, 그 모든 것이 영
원한 듯, 멈춰 선 듯, 침착하게, 가득 차 있었다. 밤을 가득
채운 열기처럼.

　　　　　　　　　＊

　축 늘어진 야자수들 너머 환하게 불을 밝힌 거대한 몰
이 보였다.

　　　　　　　　　＊

　그리고 사라진다.

남은 것은, 미안해, 클레이 콴이 내 귀에 대고 속삭였던 말——

나는 끝없이 깊은 심연 속으로 끌어당겨지는 것만 같아 두려웠어.

그 애의 목소리가 나를 끝없이 깊은 심연 속으로 끌어당기는 듯한 느낌이었다.

미안해. 그 애가 다시금 말했다. 나는 끝없이 깊은 심연 속으로 끌어당겨지는 것만 같아서……

근데 이제…… 괜찮아.

그 애가 말했다.

거짓말. 내가 말했다.

거짓말이야. 넌 지금 거짓말하고 있어.

내가 말했고, 클레이 콴이 침묵했다.

나 또한 침묵.

아주 긴긴 침묵……

                              *

　맞아, 거짓말이야. 완전히 사라지기 전에, 제발 나를 발
견해줘.

                              *

　낯선 이계(異系)의 밤, 나는 환청 같은 목소리에 계속해
서 귀를 기울였다. 클레이 콴의 목소리는 더이상 들려오
지 않았다. 하지만 나는 계속해서 귀를 기울이며, 뭔가를
해야 한다고, 당장, 더 늦기 전에, 그러나 내가 탄 오토바
이는 끝없이, 내가 상상조차 해본 적 없는 미지의 미래를
향해 달려가고 있었고, 문득 나는 어떤 작지만 중요한 기
회가 내 곁을 스쳐 지나가는 것을 감지했고, 그 기회가 마
침내 바꿀 수 없는 과거로 확정되어가는 것을 인식했으
며, 하지만 그 모든 것에 대한 후회를 달콤한 레모네이드
처럼 음미하며, 아직 확정되기 직전의 바로 이 순간이 지
속되기를, 영원히, 바랄 뿐이었다.

하이라이프

초판 1쇄 발행 • 2024년 3월 29일

지은이 / 김사과
펴낸이 / 염종선
책임편집 / 박지영
조판 / 박지현
펴낸곳 / (주)창비
등록 / 1986년 8월 5일 제85호
주소 / 10881 경기도 파주시 회동길 184
전화 / 031-955-3333
팩시밀리 / 영업 031-955-3399 · 편집 031-955-3400
홈페이지 / www.changbi.com
전자우편 / lit@changbi.com

ⓒ 김사과 2024
ISBN 978-89-364-3951-4 03810